尋
SWORD QUEST
劍鳥前傳
NANCY YI FAN
范禕

CON目錄tents

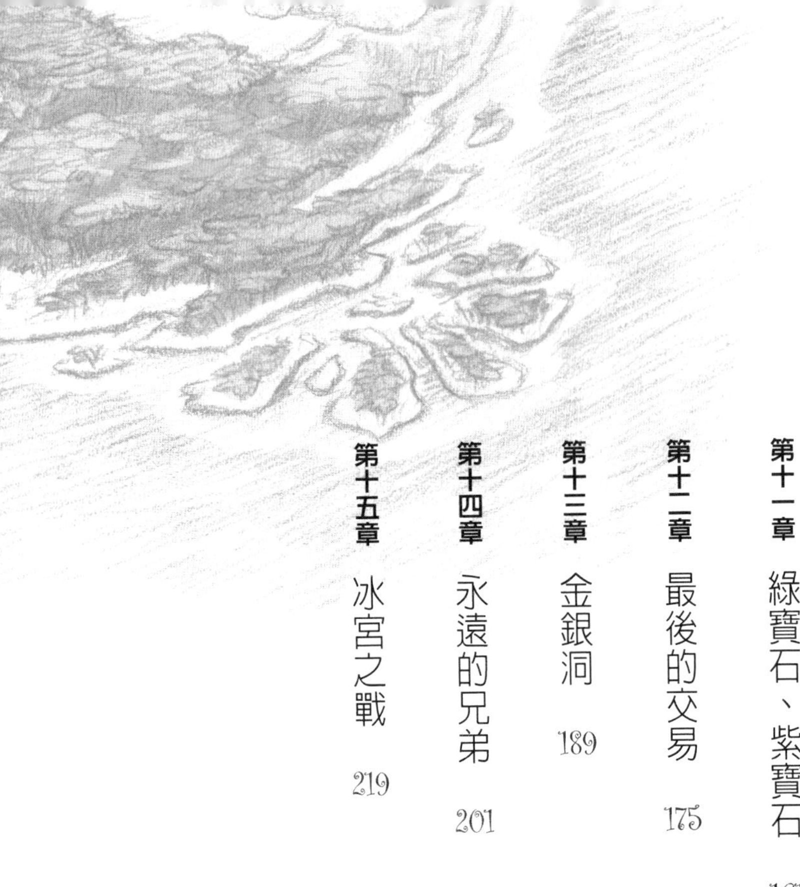

推薦序

《尋》是《劍鳥》（哈珀柯林斯出版集團，二〇〇七）的前傳。在這本主題為正義戰勝邪惡的書中，讀者會看到一股邪惡勢力企圖控制鳥的世界時所展開的離奇故事。預言說有個英雄將在英雄日到來，但是這個英雄是誰卻是個迷。分散在世界各地未知角落的麗桑寶石能指向英雄寶劍所在之處，所以英雄必須先尋找寶石，然後才能取到劍。始祖鳥，一群無惡不做的鳥，在他們兇惡首領的帶領下到處幹壞事。貓迪爾，始祖鳥的頭兒，靠邪魔法得到了一個奇怪的翅膀，跟蝙蝠的翅膀很相似。他把眼睛盯上尋劍這件事上了。與此同時，一些不大可能成為劍主的鳥不顧生命的安危去尋找寶劍的線索，以確保劍被英雄拿到。在這群鳥中，天雷山鷹族王子福來多，鷯哥胃哥，啄木鳥翼哥都跟隨著一隻叫「013無類鳥」的鳥去完成這個使命。「013無類鳥」長得很像鴿子，當過奴隸。讀者將發現所有這些角色都令人信服，非常適合歷險故事的角色。故事線索緊湊，扣人心弦。其中故事最重要的成分，也是最能打動讀者心靈的是它蘊含的主題——愛。

——蘿賓・喬亞，美國《學校圖書館》雜誌

在這本探尋類小說中，鳥演繹了不尋常的主題。小說從英雄即將到來的預言開始。一個始祖鳥的黑暗帝國在強大，他們甚至把很健壯的鳥如烏鴉等都變成了奴隸。一個叫「013無類鳥」的奇怪白鳥，在故事的一開始也被抓為奴。當他試圖放走一個俘虜時，他突然想起了母親給他起的名字——風聲。他也逃了，變得更堅強了，並以「風聲」的真實身分重新開始了他的歷險生活。小說跟著他的旅程，飛越了山山水水，圍繞著他如何阻止邪惡的貓迪爾去拿英雄寶劍的線索展開。這本小說是關於如何發現自己內在的英雄潛能以及生活中最重要的東西——如家庭、朋友、和平，而不是權勢和財寶。范禕這麼小的年紀就寫出了這麼出色的小說，實在令我佩服。我也非常喜歡麗歐克絲很有特點的鉛筆畫插圖，這些插圖給角色增添了魅力。總之，文字和插圖這兩方面合在一起使得這本充滿想像的小說變得那麼有趣。

——蘿拉·盧迪格，美國《兒童文學》期刊

我很榮幸為《劍鳥》和它的作者十三歲的天才小作家范禕寫幾句話。我對范禕了解得越多，就越佩服她。給我留下深刻印象的是：范禕七歲移居美國，她不得不學習英語，而她學習是多麼刻苦，只經過幾年學習就能用英語寫出一本小說來。我非常高興范禕能繼續學習漢語並把《劍鳥》從英語翻譯成了漢語。當我聽見一些人移居海外就放棄了他們母語和文化傳統時，我很傷心。我為范禕能珍視我們的文化和傳統而感到驕傲。

《劍鳥》是講述一個和平、自由和寬容的故事，這些都是我心裡所崇尚的東西。我在世界各地旅行時，看到戰爭和暴力帶給人民的災難時很傷心。我知道范禕寫這個故事，部分是對「911」的反思，我很高興她找到了一個能表達她嚮往和平和自由的方式。我認為范禕的例子，對許多人都是個鼓勵。它向人們證明：只要樹立遠大理想，努力奮鬥，就會有奇蹟發生。

成龍

於美國洛杉磯

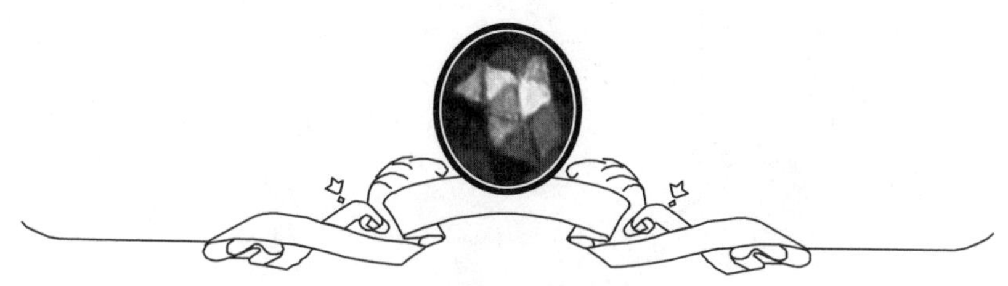

獻給所有
想要擺脫命運枷鎖的生靈

劍山
天雷山脈
河
天穹河
天堂島
考利亞海
珍珠群島
鳥魚島
北

鳥類的世界

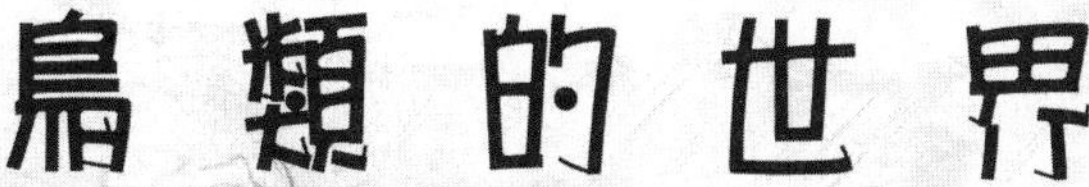

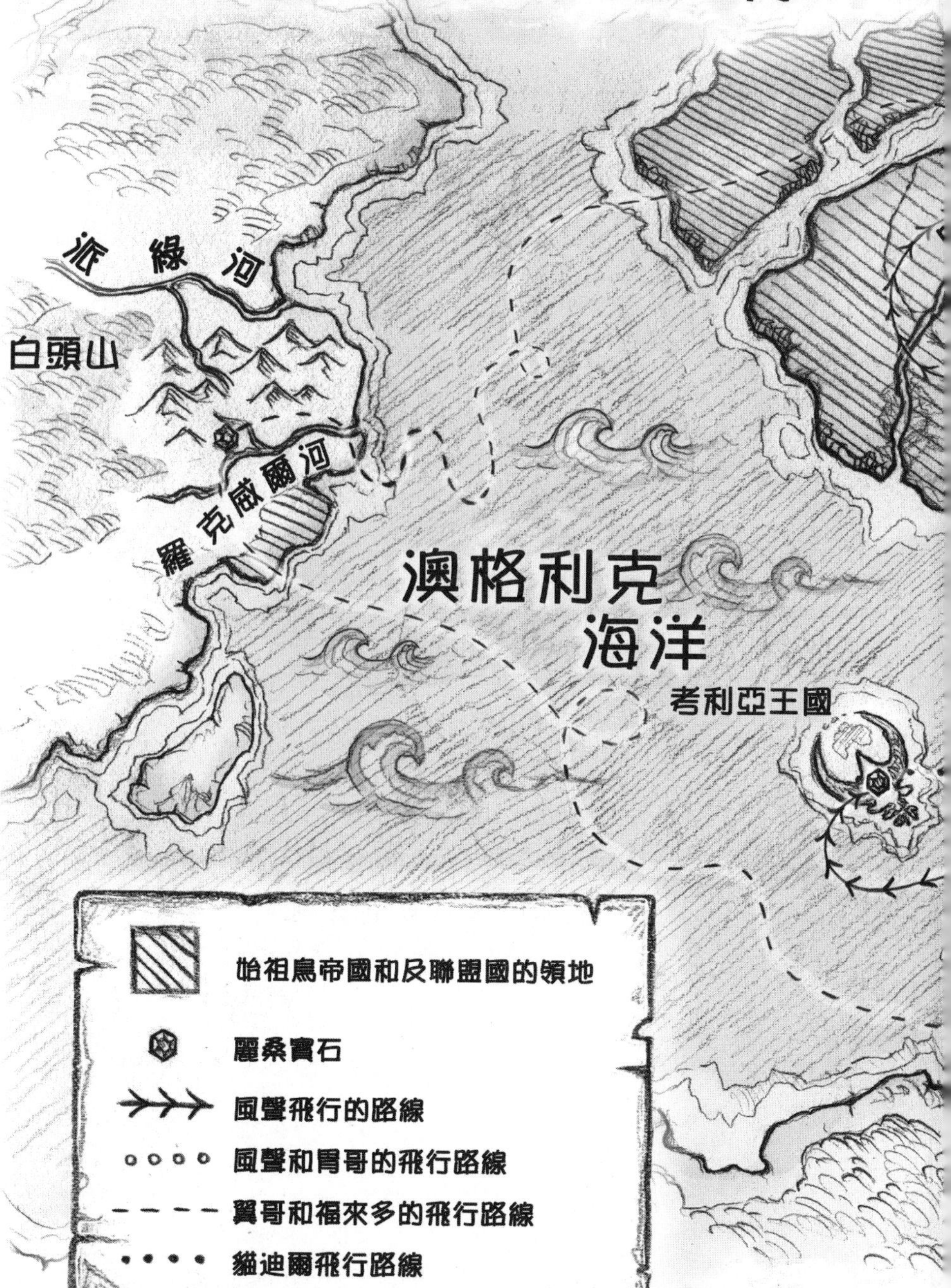
派綠河
白頭山
羅克威爾河
澳格利克海洋
考利亞王國
始祖鳥帝國和及聯盟國的領地
麗桑寶石
風聲飛行的路線
風聲和胃哥的飛行路線
翼哥和福來多的飛行路線
貓迪爾飛行路線

這是一把特殊的寶劍，
一把能改變世界的寶劍。
——《古經》

序幕

寶劍的誕生

玫瑰紅色的朝霞在天堂島的上空漂浮著。考利亞國王派佛羅佇立在島上一棵最高棕櫚樹的枝頭，他那亞麻袍子和尾羽不停地隨風飄動。這隻老鳳凰微閉著雙眼默默地向上天祈禱，希望能聽到神的旨意。然而，數月來信使所帶來的壞消息讓他難以平靜。天地之間，鳥在爭鬥。他們原本可以自由地分享森林、巢營、種子、根莖和莓果，可是，不知怎的，矛盾產生了。這矛盾先是使他們相互欺騙，進而導致了偷盜，之後，他們便動了喙爪。斗轉星移，最厲害的長翅生靈開始拿起了武器。四翼恐龍和始祖鳥率先出動，燒殺搶奪。整個羽翼世界，大小征戰像龍捲風似的襲來，長翅的生靈全都陷入了恐懼、戒備和絕望之中。派佛羅的神奇島國是所剩下為數不多的尚未受戰爭騷擾的領土之一。

「天神啊，救救我們。」派佛羅顫顫巍巍地喊道。

「顯個靈驗吧。」

一個聲音隱隱約約地隨風飄來，那麼微弱，起初，派佛羅還以為是自己的祈禱在耳鼓裡迴盪呢，可再一聽，他聽清楚了。

「鑄造一把寶劍吧，」天神對他說。「有隻鳥會來拯救這個世界。鑄造一把寶劍吧，他會來取走這把劍的。」

「一把劍就能給這個世界帶來和平？」派佛羅琢磨著，用爪裹緊了袍子。

「我怎麼能鑄造出這樣一把聖劍呢？」他問道。

「等劍快要造完時，我會賦予它神力的。不過你要記住，看管好這把劍，直到三年後的第五個圓月之日，有隻賢能的鳥會來把它取走的。倘若這把寶劍被邪惡鳥奪了去，那世界就完了。」天神囑咐道。

「是的，天神。」派佛羅答應道。

老國王鑄劍的告示轟動了整個考利亞王國，鐵匠們聞訊紛紛趕來獻技。

一個月過去了。一天黃昏，派佛羅前來鑄造台察看。他的眼睛隨著鐵匠的錘子上下移動，心裡卻焦慮地想著：「這把寶劍到底是福還是禍呢？」

突然，派佛羅見到空中有一道亮光劃落。他意識到那是神的眼淚，肯定是因為天神看見戰亂的世界而傷心落下的。這滴閃光的淚落到地上濺出了八顆寶石，最大的一顆是彩虹的顏色，其他寶石各擁有彩虹的七彩之一。

眼見那顆最大的淚石從鑄造台的視窗飛進，落到了正在鑄造中的劍柄上，在場的鐵匠全都停了下來，驚呆了。寶劍造好了！派佛羅用一隻爪撫摸著精美的劍身，發誓道：「我一定把你藏好，等到英雄來把你取走。」

幾個季節過去了，這把寶劍一直放在聖殿中一個水晶盒子裡，等待著劍主的到來。

其實，考利亞王國並不是一切都太平的。一股邪惡的勢力像魔爪一樣開始伸向這個聖島，島上蔥鬱的樹木被沙漠一點一點地吞噬著。

「英雄會來嗎？」老國王疑惑地問。

「陛下，我想出島去找他！」巨嘴鳥鐵匠

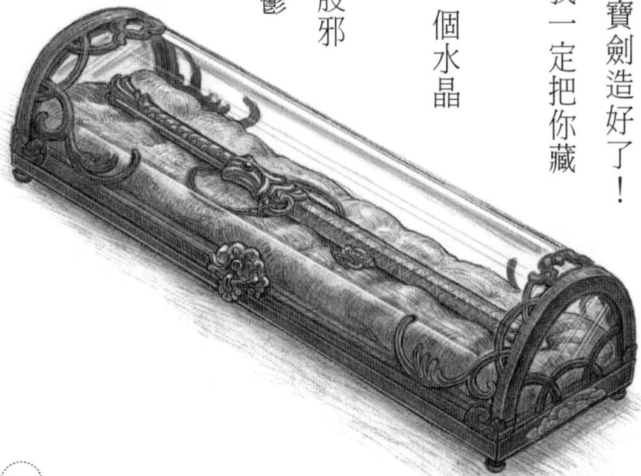

奧真說。「我老了，我一生中所做的最大事就是打造這把英雄寶劍。我想看到它被英雄取走，所以我要到凡間去找這個英雄。」

「可是，奧真，這對於你來說太危險了。」說著派佛羅伸出爪要給奧真施個魔法來保護他，卻被奧真阻止了。

「不，陛下。您的魔力還是留著保護這個島吧。我自己能行。」說著他握緊了一隻爪以顯示他的力量。從他那布滿皺紋的皮膚下還依稀可見年輕時練就的肌肉。「我將帶上一枚家鄉的徽章為紀念。確保英雄來島取劍。」

一陣沉默。連周圍風捲沙礫的聲音他們都聽得見。巨嘴鳥藍眼皮底下的那雙眼睛閃爍著光芒。

「好吧，奧真，那你就去吧。」

得與失盡在振翅間。

——《古經》

第一章

得失

漢格利亞斯二世、始祖鳥皇上又名祖翼，像一隻巨大蜘蛛蜷伏在鯨鬚做的寶座上。他透過圓形的窗戶凝望著城堡莊一帶的森林，可是他的眼神卻像是貪婪地注視著整個世界。「秘密。好極了！」說著，他那圓鼓鼓的臉上驟然擠出幾稜寬皺紋來。「沒有什麼秘密會溜過我大帝國的耳目。好，說下去！」下面太陽殿的金碧堂上，一排排武將頭盔上的羽毛隨著頭全都往前傾斜，他們探身想聽個究竟，對面的文官也撩起長袖，傾著身。

「疆域內的一些低鳥在談論著一種稀有的寶石。他們稱之為麗桑寶石。」文官長老說。「寶石上有字。聽說這些寶石是天上降下來的，它們與一個英雄有關。其中一顆寶石上的字暗示英雄到來之日——說是三年後的什麼時間。」一堂上的文武官員聽了都倒吸了一口涼氣。文官長老邊說邊興奮地比劃著，然後指向身邊的一隻衣衫襤褸、戰戰兢兢的幼始祖鳥。「陛下，我帶來一個目擊者。」

「說。」

「是，陛下。」幼始祖鳥答道。「我是在早上找食時碰巧看見那顆寶石的。『謝謝天神，寶石就在這兒。』一隻鳥這樣說。我就知道這事兒很蹊蹺，所以藏在附近看著……」

「來自上天的神奇寶石！」皇上想著，掃視了一下拱形天花板上反射的落日餘暉。

「顏色！地點！部落！」漢格利亞斯的眼裡閃著光，好像瞳孔裡本身就鑲著寶石。「通通道來！」

「是美麗的橘黃色，陛下。就在您的大平原疆域再往南飛幾十里就到了，那裡有群鴿子，他們住在一條河的附近。」

「聽起來是我想要的東西。英雄個屁?哼，我倒要讓世界看看始祖鳥是如何消滅天下英雄的！」皇上想。「我必須弄到這件寶物。」說完，漢格利亞斯那肉腸似的爪子重重地在寶座邊沿敲了幾下，之後他挺起腰桿子喊道：「貓迪爾將軍！」

「在，陛下。」這個第一將軍走向前，鞠了一躬。

「帶一些精兵，給我找寶石去。」

沒等將軍回答，皇上寶座後面的帷帳動了動，搖搖擺擺地走出了一隻又矮又胖的少年始祖鳥。「我也去！」大家一看，是王子費喪在喊，他的嘴裡還嚼著東西，爪裡拿著一個藍莓餅。「我要去！我要去！」

「你還年幼，怎麼能去打仗？」

「我就要去嘛！我要學學怎麼打仗。父王，求求您了！」王子央求著，嘴上還掛著餅渣。

皇上的小眼睛閉了閉，然後深吸了口氣說：「貓迪爾將軍，那朕就把王子託付給你了。」

費喪咧嘴笑了，露出一排發綠的牙齒。

「真倒楣。」將軍心想。「是，陛下。」他很不情願地說。

第二天，貓迪爾將軍、費喪王子和三十個士兵向鴿子部落飛去。

到達部落後，貓迪爾馬上意識到，攻下這個部落完全是小菜一碟。

鴿子部落就在那片低矮、蒼老的橄欖樹林之中。從表面上看，他們一點也夠不上威脅，但是因為有王子跟隨，還是小心為妙。「跟在前排士兵的後面。」貓迪爾小聲對王子說。

「為什麼？我才不呢！」王子喊道，話音驚動了附近一隻名叫愛琳的鴿子，她剛晨飛歸來。愛琳急忙飛往部落，高喊著：「不好了，始祖鳥來了！始祖鳥來了！」

偷襲的計畫泡湯了！貓迪爾十分惱火，他搖起了長尾巴，向士兵發出了進攻的信號。就好像添亂還不夠似的，正當奮起反抗的鴿子們飛快地扇動翅膀，使始祖鳥們看不清營地裡的布局時，費喪在將軍耳邊嚷道：「我能去找寶石嗎？」

「不行，王子。現在不行。」

「王子到底來幹什麼呢？我怎麼能同時既當保姆又當將軍！」貓迪爾這樣想著，又向幾個士兵吩咐了新計畫。將軍向他們點了下頭，這群士兵便舉起長矛，組成球形陣容，逕直朝一棵最大的橄欖樹衝去。一隻老鴿子慌忙把寶石藏到了樹洞裡。站在他身旁的便是剛才報信的愛琳。

貓迪爾將軍飛過去，衝向麗桑寶石，但是老鴿子很快跳了起來，蹬起粉紅色的爪子，踢向貓迪爾的臉。貓迪爾咬住老鴿子的一個爪趾不放，老鴿子的身體懸空在那兒了。他想把貓迪爾甩下去，可他身體比始祖鳥小得多，根本甩不動。就在這時，一個士兵飛了過來，給老鴿子當頭一棒。

「閨女，快逃！」老鴿子慘叫道，話音未落就死了。

「不——！」愛琳尖叫道。她哭嚎著，梗著脖子，拼命扇動著翅膀，向貓迪爾抓著寶石的爪子衝去。貓迪爾疼得「噭」地叫了一聲，寶石從爪裡滑落下去，穿過橄欖樹杈，掉到了下面的溝裡。一群士兵嘰哇亂叫地撲向寶石。貓迪爾丟下了愛琳，只顧往寶石那兒看。當看見一隻始祖鳥最先抓到了那顆寶石時，他鬆了口氣。「好！」

可去撿寶石的偏偏是王子。他轉過頭，向貓迪爾舉起了那顆寶石，得意洋洋地說：「看，是我找到的寶石！」

「小禍精！」貓迪爾暗自罵了一句，把劍柄握得吱吱響。他匆忙下了一道命令，讓士兵把部落裡所有的鴿子都殺掉。誰讓這些傻鳥兒敢與皇上作對了，他們就該死。貓迪爾不得不自己去把王子領過來。唉，當初要是不答應把他帶來就好了。就像是來應答貓迪爾的心思似的，一個黑影突然從王子背後的林子裡竄出來。

這東西既不是鴿子也不是始祖鳥，他是地球上唯一存活下來的四翼長命動物。這個智力很高的怪獸不是爬行動物，也不是鳥類。他多年來一直在黑暗的叢林中躑躅、遊蕩，不到迫不得已的時候，他是很少在同宗的鳥類和爬行動物面前出現的。他那雙眼睛長得很像巨大蜥蜴的眼睛。在掃視一下剛才發現的戰場之後，他把目光鎖定在一個年輕、肉嫩的獵物上。「這個獵物比鴿子還禁吃。」他一邊盤算著，一邊瞄準目標。

四翼巨獸跳進陽光地帶，展開了兩對翅膀。霎時間，這個巨大的四翼恐龍幾乎遮蓋了天日，他翹起了硬皮唇，向年少、肥胖的王子猛衝下去。

他張開嘴，先吞下了王子的前半身，之後又把嘴閉上了。王子悶在恐龍口腔裡的叫喊聲從他鼻孔裡傳了出來。這個有始祖鳥六倍大小的巨獸搖晃著脖子，想把王子整個吞了。

「王子！王子！」貓迪爾將軍聲嘶力竭地喊著，根本顧不上抱怨王子了。這會兒，他真的嚇壞了。「這到底怎麼了？王子死了嗎？我的官，我的命，不就全交代了嗎！」他想著，撲向了四翼恐龍。他的士兵們也蜂擁而至，包圍了巨獸。一個個刺向巨獸的矛槍，被他身上的鱗片抵擋住了，根本刺不透。只見王子的胖腿、尾巴在恐龍的牙齒之間亂踢、亂擺。貓迪爾抓住了一條滾圓的腿，拼命地往外拉。

費喪在恐龍的喉嚨裡開始窒息了。「他大概沒救了。」想到這兒，貓迪爾便去剝王子爪裡的寶石。他使勁地去掰王子的爪，甚至用劍去打王子的腿，但是都沒有用。王子像任何快要死去的鳥一樣，爪上握住了任何東西都死不肯放

的，如同鐵鉗子握得緊緊的。

貓迪爾好不容易弄鬆了兩個爪趾，可就當寶石快要鬆動的時候，恐龍的後腿直立起來，頭向後仰了幾下。轉眼間，王子、寶石一點不剩全被吞了進去。

沒等貓迪爾試圖劈開怪物的喉嚨和肚子，好取出王子的身體和寶石，這個四翼巨獸突然發出了一聲刺耳的哀號。他的眼珠子驟然變成了兩粒巨大的葡萄乾的樣子，乾癟了。當巨獸再次發出恐怖的叫聲時，他已癱倒在地，隨即身上冒起了藍色火苗，剎那間他與火苗一同消失了。

貓迪爾將軍瘋狂地用劍在巨獸剛才待過地方的空氣中亂砍一通，可是一起都消失了——王子，寶石，一切的一切。他絕望地向後看了看，連那隻踢掉他寶石的鴿子也不見了。他慌了，高聲地號叫起來。

此時，鴿子愛琳因為部落被毀、父親被殺而悲痛萬分。她扇動著顫抖的翅膀，心慌意亂，不知該往哪飛才是。忽然，海浪的景象掠過她的腦海。始祖鳥除了偶爾被差遣到到南方一帶的海濱以外，是很少往那邊飛的。「對了，海邊是個安全的地方。」她想。

愛琳以非凡的毅力往海濱飛去。飛這段距離通常要花去候鳥兩天的時間，可她卻只用了一天。等飛到那兒，她已經筋疲力盡了。她在岸礁的縫隙中一頭倒下睡了過去，直到第二天早晨才醒來。她感到絕望了，因為她失去了一切：家庭、安全感和責任感。沿著被嘩嘩潮水沖刷著的沙灘，她蹣跚地向前走著，前方耀眼的白光裏著鉛灰色的陰影。

幾天後，她生下一枚蛋，這給她的生活帶來了新的曙光。「我絕對不會讓你落到始祖鳥的魔爪裡的，我的寶貝。」她發誓道。「為了你我死都不怕。」

愛琳孵蛋的日子正趕上了有史以來最大的海上風暴。等到蛋開始搖動，雛鳥破殼而出的時候，天已經放晴了，一道霞光照到了幼鳥身上。他身上的羽毛絨絨如霜。

愛琳望著剛出生的孩子，很驚訝。鴿子從來沒有出生時就帶羽毛的！這小傢伙把頭轉向媽媽，睜大了那雙又黑又亮的眼睛。可是，剛出生的雛鴿一般是看不清東西的。遠處的海風像在歌唱。風既可以變得溫柔，也可以變得兇猛。

你可以擋住風，可那只不過是一時罷了。愛琳用爪撫摸著新生兒的頭，輕聲地叫著她想好的名字：「風聲……」

不過這隻雛鳥還是很像他的母親：紅喙、紅腳、一張純真的小臉，總是帶著笑容。然而，讓愛琳放心不下的是始祖鳥不知哪天會來傷害她的孩子。

當四翼恐龍醒來時，他發現自己待在了一間昏暗的房間裡，四周是花崗岩牆壁。此時的他已經變小了許多。他用哆哆嗦嗦的前肢按了一下胸脯，奇怪的是一點也感覺不到心臟的跳動。

忽然，他眼前冒起了一股煙霧，旋轉著向上升騰。從煙霧頂端的一縷青煙中傳來了一個聲音：「我是死神焰魔。歡迎你的到來，四翼恐龍。你其實已經死了，不過還沒有完全死掉，而是變成了半個鬼。在這兒你被稱為「陰魂」。你吞了一顆神聖的寶石，那寶石是我對手天神落下的一滴眼淚所結成的，現在就在你的肚子裡。你變成現在這個樣子，是天神對你的懲罰！從今以後，你將被囚困在陰陽界之間的這間小屋子裡。」

四翼恐龍聽後，瞪大了眼睛說：「什麼？你沒弄錯了吧！我沒有吞寶石，我吞的是一隻始祖鳥！」

「那始祖鳥的爪裡握著一顆寶石。這寶石是七顆帶字的寶石之一，這些字能指明神劍在哪兒。有個英雄要在兩年後第五個滿月之日去取這把寶劍。當他取到劍時，就是你完全死去的時辰。」

陰魂嚷嚷道：「那我能出去嗎？我不想困在這兒！」

「唯一的辦法就是在英雄日到來之前，你設法附在一個可能去取劍的英雄的身體裡面，並隨著他去取劍。這樣的話，你就能從這裡逃出去了，不然，我的冥界將歡迎你永遠待下去！」焰魔的話讓四翼恐龍的身體從頭涼到了尾。

說完，焰魔又冒股煙，神秘地消失了。

陰魂的四周有很多書架，上面擺滿了大厚書。在後來一段漫長而又痛苦的日子裡，他全力以赴地開始研究起欺騙術來。他一直在即將死去鳥的大腦中搜尋，研究他們的背景和能力，以便找一個替身來幫他逃離這個鬼地方。

他苦苦地等了兩年，終於有一天，他找到了合適的目標。

反抗是從壓迫中孵化出來的。

——《古經》

第二章

反抗

自聖劍誕生以來，沒有一個帝國能像始祖鳥帝國那樣發展得那麼快，領土擴張得那麼廣，其主要原因是這些精明、兇猛的始祖鳥開始變得什麼都吃了，什麼水果啦、種子啦、昆蟲啦，魚啦、腐肉啦，樣樣都吃得下。因為他們稱霸，其他各個部落不得不歸順他們，不是給始祖鳥當奴隸，就是向他們進貢。就連烏鴉、八哥和渡鴉組成的強大聯盟也衰落了。他們當中有些投降了，為了生計，不得不在始祖鳥的部隊中服役。只有鷹族部落住在遙遠的山區，過著自由自在的生活。可是，鷹族光忙活著保護自己的家園，而無暇顧及其他的部落。

始祖鳥帝國分成六個地區：城堡莊（或稱為皇林）、森林帶、戈壁灘、平原區、島嶼區和沼澤區。每個區域都由皇上的一個心腹掌管著。其中，沼澤區域，由卡瓦卡將軍掌管。

冬至那天的一大早，卡瓦卡將軍就開始與下屬籌辦一個宴會，來展示他最近為祖翼皇上搶來的寶物。其中一顆美麗的黃色水晶石是他最值得炫耀的。這寶石是一周前從小翠鳥部落那兒搶來的。皇上見了黃色水晶石一定會高興的！

「祝卡瓦卡將軍健康！祝漢格利亞斯皇上萬壽無疆！祝始祖鳥疆域無邊！」一陣陣的祝酒聲從卡瓦卡將軍樹上的總部裡傳出。

樹根處有一間貯藏室。一隻骨瘦如柴的鳥正在裡面刷鍋。他渾身上下的白羽毛都弄得髒兮兮的，他那紅喙、紅爪也被油漬弄黑了。他臉上蹭的油漬幾乎蓋住了他那個紅色的奴隸標誌。

儲藏室洞口的看守蘿蔔頭一邊歎著氣一邊點上了煙斗。上面的行酒令和吆喝聲，他都能聽見，可是熱鬧與他無緣，他被派到這裡看著這個奴隸。「這奴隸到底是什麼鳥？」蘿蔔頭在納悶。他看上去像隻鴿子，可又比蘿蔔頭見過的任何鴿子都大，這也許是為什麼這奴隸被稱為「013無類鳥」的緣故吧。

「你的父母是誰？」蘿蔔頭問著，鼻孔裡噴出了一個個煙圈。

「我母親是隻鴿子，可我從來沒有見過我的父親。」幼鳥答道。他的聲音那麼微弱，在刷鍋聲中很難被聽清楚。

如此孱弱的鳥為什麼需要個看守看著？這隻幼鳥看上去連個油鍋都踢不動。其實，這一點不假。蘿蔔頭剛想到這兒就看見白鳥差點栽到鍋裡，累得幹不動了。

「你過來。」蘿蔔頭敲了敲煙斗，厲聲說。他不敢用溫和的語調跟一個奴隸講話，倘若讓其他鳥看見、聽見了，就會惹麻煩的。「先別刷了，我給你個差事。」

其實根本沒有什麼急事要做，只是讓這個弱奴隸跑這個差事，到外面呼吸一點新鮮空氣，這對他有好處。

「先生，有什麼事？」「013無類鳥」虛弱地問。

蘿蔔頭四下看了看，指著樹根下被樹枝半遮掩著的一小桶麥芽酒說：「把那個拿到營地邊境去，那邊的哨兵需要這個。」

「甭急，慢慢地做。」他幾乎要接著說這句話了，可再一想，這一天來他對這個幼鳥已經夠客氣的了。他畢竟是個奴隸，而不是始祖鳥。

飛到外面，「013無類鳥」貪婪地深吸著新鮮的空氣。很快，背的酸痛、渾身的疲勞像一下子被沖洗掉了似的。他的靈魂彷彿融入了藍藍的天空。他用力地飛著，儘管沉重的酒桶讓他不時地往前傾斜。他終於到外面來了！他被始祖鳥巡邏隊抓來為奴已經有幾個月了。他被關進那個地洞裡，每天不是不停地刷鍋就是睡覺。

「013無類鳥」俯視著下面的綠色池塘和附近朦朦朧朧的香柏樹。「好大的風啊！」他想。「下面的大地是多麼陰森，多麼可怕呀！」

「給我拿過來！太陽還沒出來，我很冷。」一個刺耳的話音傳來。這話音來自一個哨兵，他正落在一棵光禿禿死樹上。「013無類鳥」忙把酒桶遞過去。樹旁邊有一個地洞的入口，洞裡傳出了窸窸窣窣的聲音。

哨兵把桶蓋「啪」的一聲拽開，大喝起來。在一旁的「013無類鳥」扭頭去仔細聽洞裡那個聲音。「先生，那裡面是什麼？」他問。

哨兵不悅地答道：「傻子，那是明天餐桌上的肉。趕快滾回你的洞裡去，聽見了沒有？」說著，他跳下枝頭，朝「013無類鳥」飛了過來。

「013無類鳥」往後退了退，說：「可先生，我……」

二話沒說，始祖鳥哨兵舉矛槍向小白鳥刺來。

小白鳥急忙躲閃開，飛到了一個枝頭下。始祖鳥哨兵猛撲下去追他，但他後面的長尾巴纏在了樹枝上。他拼命地扇動翅膀。突然，他像被什麼勒著了似的大叫了一聲，爪裡的矛槍也掉了下來，差點砸到小白鳥。

「013無類鳥」很吃驚，他踉踉蹌蹌地倒退了幾步，這時他才注意始祖鳥士兵的項鍊掛在了樹枝上。哨兵勒得喘不過氣來，翅膀在亂撲騰，兩腿在亂蹬。突然，項鏈被掙斷了。哨兵「吧唧」一聲掉進了地上的一個水坑裡。

小白鳥迷惑不解地看了看水坑裡的士兵，他躺在那裡一動不動了。正在這

時，從旁邊洞裡又隱約傳出了一陣呻吟。這使他想起了剛才那個奇怪的聲音。他不大可能再有這樣一個機會了；始祖鳥通常把他看得很緊。他小心翼翼地撥開洞邊的亂草，探著身往裡走去。他好像模模糊糊看見大鐵籠子裡面有什麼東西在動。

「誰在那兒？」他小聲地朝黑暗中喊。

他察覺到有什麼東西在往後蠕動。

「你是誰？」小白鳥壓低了嗓音說。他的眼睛漸漸在黑暗中適應了一些，他看見了一個大籠子裡縮曲著一隻鳥兒。這隻鳥的羽毛是黑白相間的，身上穿了件破坎肩。他的頭是紅色的，在黑暗中微微地泛著光澤。

「別吃我……」這隻鳥把頭緊靠在籠子的邊緣。

「吃你？」「013無類鳥」很吃驚。他當奴隸幾個月來倒是聽了不少有關始祖鳥如何處置當不了奴隸的弱鳥的事，可是他從來沒有跟一個所謂「餐桌上的肉」這樣的鳥說過話。

他揀起一塊石頭，使勁去砸鐵籠上的鎖。也不知砸了多少下，鎖終於被砸開了。他一陣欣喜，扔掉了鎖，然後靠著洞壁上氣不接下氣地說：「快出來！快！」

囚犯含著淚說：「謝謝你！我叫216啄木鳥。」然後補充道：「不，我叫翼溫哥爾……或叫『翼哥』。」

「我叫……」因為好久沒有用本名了，也沒有誰叫他本名，白鳥一時也想不起自己的名字了。忽然，他腦海裡掠過一個場景：母親輕輕地拍著他的頭，用甜美的聲音喚著他的名字。他想起來了。「我叫……風聲。」

那天早上風聲醒來時，根本沒想過逃跑。就連蘿蔔頭命令他到外面跑差，他也沒打算幹別的，只是想活動一下翅膀。但是，他砸開了關押囚犯的鎖，外面的哨兵又昏迷不醒了，現在除了逃走，還有什麼可以選擇的呢？

「我們得逃了。」風聲低聲說。

「對，快逃！」翼哥贊同道。

從大鐵籠子裡的一個角落，翼哥拾起了一根羽毛筆和一個弓形的木棍，跟著風聲出去了。他們在洞口處小心翼翼地探出頭往四下望了望。原來躺在那個

水坑裡的哨兵不見了。他們屏住呼吸，朝洞外走去。

「好哇，你們以為可以就這麼輕易地逃了？」那個滿身是泥土的哨兵沒有死，又甦醒過來了。他從上面跳下來，用爪抓住他們。

根本來不及多想，風聲扭過頭瘋狂地去啄哨兵的臉。哨兵完全沒有想到這個小奴隸會這麼厲害，他愣了一下，翼哥趁勢掙脫了。

「快逃！」風聲朝翼哥喊道。

「快！」

「你這該死的小奴鳥！」哨兵氣喘吁吁地說。他一邊抓緊風聲，一邊試圖再去抓啄木鳥。

翼哥躲閃過去，飛向了空中，但是他還是猶豫不決地在上面盤旋著。「快逃！」風聲喊道。翼哥仍

兜了幾個圈子，見實在沒法救風聲，便悵然飛走了。

風聲根本不是這個五大三粗哨兵的對手。眨眼的功夫，他就被哨兵按進了水坑裡，哨兵的爪子卡著他的喉嚨，越卡越緊。風聲憋得眼前一片漆黑，幾乎什麼都看不見了。

「住爪！」

這突如其來的喊聲，風聲聽起來有點耳熟。哨兵的爪從他的脖子上鬆開了，他使勁吸著空氣。「是卡瓦卡將軍。」他想。為什麼一個沼澤營的大將軍來阻止殺掉一個小奴隸？

「這個奴隸輪不到你來懲罰，你這個白癡！」

風聲弄不清卡瓦卡將軍話裡的意思，也不會有誰來給他解釋將軍為什麼這麼說。他被綁了起來，又被帶回到那棵總部樹下的地洞裡。黑暗中，風聲閉上了眼睛，彷彿還能看見那隻紅頭啄木鳥飛向自由的那一瞬間的樣子。

「誰把他放出洞的？是誰？」身穿帶絲穗邊的卡其布軍服，站在總部樹杈

上的卡瓦卡將軍叫喊道。通常他是側著身對著下屬的，因為他的喙有點朝一邊歪，正面看上去又傻又可怕。就因為這個，將士背地裡叫他「歪嘴兒」。軍銜較低的鳥既不敢談論他的喙，也不敢正面看它。可現在，他正對著士兵，大家都不敢看，這真不是個好兆頭。

沼澤營五十幾個官兵全體立正，不是把目光對著前面的空地，就是向上看著將軍的前額。外面的小兵交頭接耳地議論著，都感到情況不妙。

「是我做的，卡瓦卡將軍。」這個聲音是從幾個圓滾滾的上尉後面傳過來的。「當時我在看著他。」

「你是？」卡瓦卡憋了口氣，想避免跟這個混蛋喊起來。

「我叫蘿蔔頭，是沼澤營偵察連第六精英排的矛槍手。」

卡瓦卡將軍大步在枝頭上走了幾步。因為耐不住火氣，身體有些顫抖。「好啊！你知道為什麼這幾個季節我把這個小雜種看得那麼緊嗎？他本來早就該成了我的餃子餡了！」

「我明白，將軍。」蘿蔔頭木呆呆地說。「您留著他是想把他進貢給祖翼皇上。大家都知道皇上最喜歡罕見的寶石和稀有的鳥。可這傢伙越來越虛弱了，將軍。」蘿蔔頭說。「於是我想新鮮空氣……」

「得得得！」卡瓦卡將軍叫著，氣得來回踱著步子，胸前制服上的絲穗隨著大喘氣晃動著。

一年前，他的四個士兵到海濱巡查，在礁崖處發現了他母子倆，見這瘦弱的幼鳥長得很奇怪，兩個士兵就去把母親引開，殺了她。剩下兩個就抓住了這隻幼鳥，把他帶到了卡瓦卡將軍的跟前。

「過去的一切努力都是確保他穩穩當當地活著。」卡瓦卡將軍咆哮道。「可今天這件事卻在他心裡埋下了反抗的種子。時間不多了。你，」他命令一個士兵，「給我用繩子把『013無類鳥』的腳綁上。我們得啟程了。」卡瓦卡將軍把那顆黃色水晶石從展臺上拿了下來，放進了一個小木盒子裡。「至少還有這個。皇上會喜歡的。」將軍想。

翼哥迎著風一起一伏地飛著。他使勁扇動幾下翅膀，然後把翅膀縮起來滑

行。他把破坎肩上的帽子往頭上拉一下，生怕他那紅色的頭在林中飛行時被看見。

太陽越明亮，風聲獲救的希望越暗淡了。翼哥緊張得舌頭都變硬了，不得不使勁地嚥著唾液。那隻白鳥莫非已經被處死了？「命運既能給我們帶來沙礫，也能給我們帶來金子。」翼哥自言自語道。如果風聲注定要死，他也是無能為力的。

但是，囚禁在臭氣薰天的鐵籠子裡，翼哥曾想過他必死無疑了，可風聲卻改變了他的命運。也許風聲的命運也能改變呢。翼哥想他不能丟下朋友不管，更何況風聲救了他的命。倘若還有一點可能——無論希望多麼渺茫——那隻奇怪的白鳥還活著的話，他要使出渾身解數去救他。

「我自己救不了，但能否在這個山谷裡找到援助呢？」他想。

翼哥當初是被一個小官作為禮品帶給卡瓦卡將軍的。那個小官以為這隻啄木鳥有音樂天賦，可供娛樂，但是卡瓦卡將軍卻不這麼看。他命令一個衛兵把翼哥的豎琴弦全弄斷了，並把他拋進了那個黑黝黝的地洞裡。

幾天後，卡瓦卡想起了他，琢磨著將來拿他做一頓汁多味美的晚餐倒挺不錯。他命令士兵向翼哥的籠子裡投了一大堆馬鈴薯皮，希望他吃了快快肥起來，但翼哥一點也沒吃。

「命運對我還不壞。」他暗自慶幸道，因為他突然望見營地北部的香柏樹林上空飄著一縷炊煙。也許附近就住著一些鳥兒。

正在這時，忽然從翼哥的身後隱隱約約傳來一陣吆喝聲，「嘿吼，嘿吼……」他連忙扭頭張望，並迅速飛落下去，心嚇得砰砰直跳。躲在山楂樹後面，透過帶刺的枝杈往外瞧，他看見卡瓦卡將軍帶著二十幾個士兵飛過來。看樣子，他們像帶著什麼使命似的。他們身上背的、爪上拎的箱包都裝得滿滿的。不一會兒，他們朝另一個方向飛走了。

看見始祖鳥匆匆飛過，連跟羽毛都不敢偏離方向，他鬆了口氣。等仔細再一看，他瞥見一隻始祖鳥後面有對白翅膀在扇動，這使他大為震驚。「風聲還活著。他這是去哪兒呢？」

來不及多想，翼哥跳出山楂樹叢，火速朝炊煙處飛去。正在這時，「嘩

啦」一聲，一隻身帶飛鏢的白鷺從池塘裡飛了出來，攔住了他的去路。翼哥停了下來，一股腦兒地道出了很多話，弄得這個放哨的白鷺丈二和尚，摸不到頭腦。

「我還是帶你去見漁翁。」白鷺說。「到那兒你盡可以把你的故事講給他聽。」

翼哥還沒到營地就聽到了營地裡傳出的刺耳的聲音，那是磨槍、磨刀的聲音。只見那麼多的刀槍在岩石上磨著，發出的聲音像下暴雨似的。翠鳥、白鷺、蒼鷺、鶺哥都在彎著腰幹著什麼，他們像是為戰鬥做準備。一些鳥在練習刺槍。只見他們隨著磨刀聲的節奏把矛槍刺出去，又跳回來，再刺出去這樣練著。在一塊岩石上，翼哥看見一隻很大的藍色蒼鷺站在那兒，旁邊有隻爪持木棍的壯鶺哥。

這蒼鷺看上去像是個首領，於是翼哥飛過去向他說明情況。「我有個朋友，他救了我的命，他把我從始祖鳥的牢籠裡放了出來。可是他們抓住了他，又把他關了起來。他不能——剛才飛過來一群鳥，你們看見了嗎？他們用繩子牽著他飛——」

蒼鷹舉起一隻翅膀，打斷了他的話說：「你是說一群鳥？他們是不是攜帶了很多箱包？」

「是的，是的。」翼哥連連點頭答道。「我的朋友也押在隊伍裡。請幫助去——」

蒼鷺低頭望著焦急的啄木鳥。「孩子，我們的目標是一致的啊。」他說。「卡瓦卡將軍偷了翠鳥部落的黃寶石。倘若你說的沒錯的話，那卡瓦卡一定是帶著我們的寶石給祖翼進貢去了。我們已經準備多日，計畫今天去攻打他們。你告訴我們他們向哪個方向飛了，也許我們既能救你的朋友又能奪回我們的寶石。」

此時，卡瓦卡將軍正飛往冬宮，去拜見漢格利亞斯皇上。漢格利亞斯也剛剛到達沼澤區的冬宮。這個宮殿是為了皇帝避寒而建的，因為皇上冬季住在北方的城堡莊感到太冷。

「快飛！快飛！」卡瓦卡將軍對他的士兵吆喝著。他作為地方將軍每年要向皇上進貢很多禮物。今年有二十幾個士兵陪著他來的。這些士兵身上背著、

爪裡抓著、喙上銜著箱箱罐罐，重的東西就用絲綢帶綁上一起拽著。

當用繩子拽著「013無類鳥」的士兵把頭扭向別的方向時，小白鳥趁機去解繫在身上的繩子，可馬上被士兵發現了，他使勁晃了一下繩子，弄得小白鳥直翻跟頭。「等我們到了地，看你還敢不敢逃！」於是，這個士兵把繩子拉得更快、更緊了，使得小白鳥根本找不到機會再逃了。

等他們到達目的地時，「013無類鳥」已經上氣不接下氣了。

始祖鳥的冬宮建造在一個池塘的中間。整個建築群像個小森林，是用無數條竹子支撐在水面上的。竹子上的平臺蓋著土，種植了很多在這個溫和地區冬季能茁壯生長的植物。這些植物像個綠色屏障，遮掩著裡面的長廊和樓閣。當卡瓦卡的隊伍到達宮殿時，首先映入「013無類鳥」眼簾的是兩顆樹中間的一扇拱門，從這個門往裡走便是綠蔭覆蓋的長廊。

「卡瓦卡將軍前來進貢，請求面見祖翼皇上。」卡瓦卡向門衛點頭示意。冬宮終於到了。在這之前，他的神經一直緊繃著。現在好了，一下子放鬆了。攜帶這麼多的貴重物品在沼澤區飛行總是很危險的。這次他的隊伍被一群由蒼鷺、白鷺、翠鳥組成的土匪幫襲擊了，幸虧沒費多大力氣就把他們擊退了。門衛仔細檢查了卡瓦卡和他的士兵，然後退幾步示意讓他們進去。

卡瓦卡背著小木盒子走在前面，後面跟著他的士兵。他們穿過綠色長廊，來到了一個明亮的大廳，裡面盛開著許多迎春花。他回過頭，向押著「013無類鳥」的士兵使了個眼神，那個士兵趕忙把小白鳥往前拉得更快了。他們後面那些背著禮物的士兵也緊緊跟著。

到了廳上，他們都弓著腰、低下頭在那兒等著。「013無類鳥」也被兩個士兵強行壓低了頭。大廳的左邊是一群文官，右邊是一群武官。

當皇家樂隊敲起了鼓，大家的表情都嚴肅起來。「漢格利亞斯皇上駕到！」一隻小始祖鳥喊道。話音剛落軍號吹起。

只見一隻身穿絲絨錦袍、渾身上下珠光寶氣的大始祖鳥掀開了帷幔飛了進來，落到了高高的鯨鬚寶座上。他喙上穿了個孔，上面懸掛著一個金環，這金環搖搖晃晃地閃著光。「嗯！」祖翼的眼睛掃視著卡瓦卡將軍帶來的禮物嘶啞地嘟囔著。「好！」

「陛下，今年我給您帶來了很多貴重物品。」卡瓦卡在祖翼的腳下磕著頭，微笑著說。「陛下，這是用白鷺羽毛給您做的扇子。另外，臣還給陛下帶來了一隻種類不明的小白鳥。」卡瓦卡說著把爪放在了小木盒子上，但他沒有馬上提到黃寶石，是想把最好的禮品放在最後提。

「013無類鳥」被推上前，眾文武官員一陣驚歎。「真有其事？」漢格利亞斯用懷疑的目光審視著這隻骨瘦如柴的小白鳥問：「難道他是這個種類唯一的鳥嗎？」

堂上的文官長老立即帶著尺子和小錘子飛到了跟前，檢查了好一會兒，然後，翻開了一本題為《鳥類大全》的大厚書，看了很長時間，才向皇上報告：「是的，陛下。這鳥沒有列在書裡。他很像鴿子，但有海鳥的特徵。他的腿太健壯了，不像是燕雀類，可他的頭頸明顯有林鳥的特徵。」

祖翼的小眼睛高興得瞇成了一條縫。「天啊，這甚至比去年朕得到的雙頭雞還好！去年那雞的味道就很鮮！」

「013無類鳥」氣憤地嚷了起來。他掙脫著要衝向皇上。「你休想！」

這是他唯一能想到的話。他被迫與母親分離，幾個季節來在沼澤營刷鍋、洗盤子，受盡了苦，難道就是為了填這隻肥鳥的胃？有多少其他的鳥遭遇了同樣的命運？

馬上飛來兩隻始祖鳥把他按在地上。祖翼氣得直喘粗氣。正在這時，走廊裡傳來了信使的聲音。漢格利亞斯直起身看著。這個信使因為日夜兼程長尾巴上的羽毛斷了許多。「陛下，格格骨將軍派我前來報信。」他氣喘吁吁地說。漢格利亞斯因為很感興趣，而忘記了剛才「013無類鳥」的叫喊。卡瓦卡將軍也跳到了旁邊聽著。

「講下去。」皇上迫不及待地命令道。

「格格骨將軍正從澳格利克海一帶巡查歸來。他先派我來這兒，讓我稟告皇上格格骨將軍弄到了一顆麗桑寶石，是紅色的！」

「麗桑寶石！」漢格利亞斯驚喜得幾乎從鯨鬚寶座上掉了下來。他興奮得頸上的羽毛全都立了起來。「據低鳥的傳說，」他咕噥著，「世上只有七顆麗桑寶石。格格骨確信弄到的是麗桑寶石？」他問信使。

「是的，陛下。」

兩年前，漢格利亞斯失去了王子，這種痛苦至今讓他難以解脫。為了此事，他重重處罰了貓迪爾將軍，可這又怎麼能減輕他的悲痛呢？他翻來覆去地琢磨麗桑寶石以及有關它們的傳說，最終得出這樣一個推斷：假如他能找到剩下的所有寶石，很可能找到他的兒子。於是，他命令他的將領去尋找寶石，他們分頭出動了。如今，有一顆寶石被找到了，而且馬上就會送到他爪裡，漢格利亞斯喜不自禁，連連咕噥道：「那好，那好，我的兒子不久就會回來了！」

他接著問信使：「估計格格骨什麼時候能到？」

「他到達城堡莊最早也要四周，最晚要兩個月。」

「是嗎？那今年我得早點離開冬宮，也許今晚就走。」祖翼揮翅讓信使下去了。

「陛下！」卡瓦卡將軍有些著急地說。「我必須現在向皇上呈上我最重要的禮物。請看這個。」

說著，卡瓦卡打開了爪裡一直拿著的小木盒子。他本來希望他拿出的最後一件禮物是皇上今年收到的最好的貢品，可沒想到讓他兄弟格格骨將軍傳遞來的消息給毀了。他忍著氣，盡量不讓自己把牙咬得咯咯響。

「哇！」眾官員驚歎著。那個文官長老大步走上前，仔細地看著。「難道這就是……？」

在場官員的頭全都傾斜向盒子裡發光的黃色寶石。「013無類鳥」也伸著脖子看著。

「陛下，前任將軍貓迪爾飛出平原區數里地去找一顆橙黃色的麗桑寶石，現在我的兄弟格格骨將軍飛洋過海地去找一顆紅色的麗桑寶石，而我」——卡瓦卡將軍假裝謙卑地低下頭——「一個地方將軍，在陛下所住的領域中就找到了這顆美麗的黃色麗桑寶石。」

為了向大家驗證寶石的真偽，卡瓦卡將軍小心翼翼地把寶石拿在爪裡轉動著，上面刻字的一面顯露出來。那個文官長老拿出一塊白樺樹皮，放在寶石凹進去的字上，拿出一支炭筆，在薄樹皮上拓起來。那文官長老把拓好的樹皮舉起來迎著亮看時，「013無類鳥」能清清楚楚地看見上面的字，可惜他連一個也不認識。

「陛下，的確是，的確是麗桑寶石啊！」那個長官確認道。「上面的字非常奇怪，我不認識，我得好好去研究研究它們。」

「現在有兩顆麗桑寶石了！」漢格利亞斯樂得上下扇了幾下翅膀。「今年的貢品多麼絕妙啊！我們必須慶祝一番。告訴廚子準備一頓豐盛的晚宴。噢，別忘了，」——他用翅膀指向「013無類鳥」——「我們要嘗嘗這傢伙的味道如何！記住要活著把他放到烤肉架上，那樣就更香了。」

當「013無類鳥」被拖往廚房時，數十雙貪婪的眼睛都盯著他。他被綁在了一個鐵杆上，架到了火上。火劈劈啪啪地響了起來，奴隸們慢慢地轉動著烤肉叉子，但他們都轉過臉，不忍心看這個慘景。

「013無類鳥」被烤得昏了過去。

正直的心即使在最黑暗處也能照亮道路。

——《古經》

第三章

選擇

漸漸地「013無類鳥」察覺到身邊有隻渡鴉晃著嘴在說話。「跟我來。」渡鴉擺著爪，喙裡發出了刺耳的聲音。「不想後悔就跟我來。」

「我不去！」「013無類鳥」低聲答道。不知為什麼，他不想跟這隻陌生的鳥去任何地方。

「來吧。」那鳥堅持說。「我是被派來接你的。我必須把你接走。當然，你若要回來，告訴我一聲，我把你帶回來。我必須守這個規矩。」

一隻爪伸來，抓住了小白鳥的脖子，他大吃一驚。他的靈魂被拎出了他的身體。渡鴉帶著他飛出了廚房，沒有別的鳥注意到他們。「013無類鳥」回頭一看，看見他的身體還在火上烤。

「我們這是去哪兒？」他問渡鴉。因為渡鴉掐著他的脖子，他幾乎說不出話來。

「去見陰魂。」

他們飛過無邊無際的灰色地帶，下面是波濤洶湧的大海。幾分鐘以後，渡鴉把「０１３無類鳥」撂了下來。他還沒來得及展開翅膀就著陸了。

他來到一間紅色的小屋裡，四周擺滿了書架。對面還有個壁爐，裡面生著火，壁爐的周圍點著紅色的香和紅色的蠟燭，那些蠟燭的火苗在不停地跳動。整個屋裡濃濃的桂皮香薰得他的眼睛直要落淚。

「你好，親愛的『０１３無類鳥』。」這突如其來的、又低又弱的聲音嚇了小白鳥一跳。只見一個身上帶鱗的怪物，披著一件大紅斗篷，從一堆書的後面走了出來，微微地點了點頭。看上去很像始祖鳥，只是他更大，而且長了兩對翅膀。「我叫陰魂。過來，孩子，落到我的身邊。」

「０１３無類鳥」好像在夢裡似的，照著陰魂的話做了。他落到了一個織著火焰圖案的地毯上，站在上面感到毛茸茸的。

「我真的為你感到難過。」陰魂的眼睛閃著慈父般的目光。「你要死了。他們烤你，要把你吃了，多麼殘酷啊！可你現在來我這兒了。你當然想

活了，每隻鳥都想活！」陰魂審視一下「013無類鳥」，接著說：「我挺喜歡你的精神，面對現實表現得很勇敢。但是你難道不想跟仇敵鬥嗎？你難道不想把握你的生命之舟嗎？

我可以把你從火中救出來，然後你就能獲得自由了。」

「013無類鳥」聽了目瞪口呆。「自由！我——」

陰魂的眼睛死死地盯著白鳥的眼睛。「但是獲得自由還不夠。你知道仇敵應該受到懲罰的。

看看他們給你帶來多大的痛苦啊，就憑他們的罪惡行徑，就看在你被他們摧殘掉的每根羽毛的份上，他們就該受到懲罰，其中一些甚至該被處死！我倒是知道一個懲罰他們的途徑。一年半以後第五個圓月之日是英雄日，傳說在天堂島考利亞王國能找到一把神奇的寶劍。倘若你能在英雄日那天拿到那把劍，你就能獲得無限的神力，來懲治你的所有仇敵。然後，你就可以隨心所欲地做你要做的事了。要做到這個並不難，你只需同意吞下我的精髓就行了。」

稍停片刻，陰魂若有所思地向遠處望了望，歎了口氣說：「我們有相同的經歷。我知道你是怎麼想的。真的。」說著他向「０１３無類鳥」苦笑了一下。

「為什麼要我吞下你的精髓？」小白鳥終於開口問了。

陰魂閉上眼睛說：「那樣的話，我就能在你的身體裡指導你下一步怎麼做了。」

「０１３無類鳥」迷惑不解地瞥了一眼陰魂。假使他的話是真的，那麼災禍也許會免了，可是直覺難道不是在告訴他說不嗎？不久前他跟囚犯啄木鳥翼哥說話時，不也是直覺告訴他說「風聲」，而不說「013無類鳥」嗎？

「你是風聲，不是『013無類鳥』。」他內心深處有一個聲音在說。

「要像風聲那樣去思考。」

眨眼的功夫，房間裡的一切東西都變了。紅色模糊成了灰色；火都熄滅了；蠟燭變成了一汪汪的蠟水；香所散發的桂皮味兒也變成了魚腥味。

那隻善良的老鳥也變了形。他的眼皮脫落了，風聲只能看見他的眼球，黑黃色的，像爛李子似的。陰魂那輕輕的笑聲也變成了可怕的聲音，就好像鳥在嘔吐。這就是陰魂的本來面目。風聲嚇得倒吸了涼氣，頸背上的羽毛全都立了起來，因為恐懼他打著寒戰。這一切來得太突然了。

頃刻，一切又恢復成了原來的樣子。

「『013無類鳥』，你同意嗎？」

風聲不敢看陰魂的臉，可他知道要說什麼。「不，我不同意。帶我回去！我要回去。」他挺起身，四下張望。他看見帶他來這兒的渡鴉正躲在書架後面，現在開始朝他走來。「帶我回始祖鳥那裡去。」

「你回不去。」陰魂冷笑道。他擺了一下翅膀，霎時間，一幢幢鬼鳥的影子，伴隨著可怕的尖叫聲，不知從哪裡飛了出來，撲向風聲。「你不能回去。你絕對不想死。待在這兒吧！」

但是風聲清楚——單從剛才那可怕的一幕——陰魂表面上的善良根本不可信任。無論他承諾什麼，無論他計畫做什麼，風聲知道他什麼都不要，即使他的退路只有死亡。

風聲對著渡鴉喊道：「不！我要回去！你說過要帶我回去的！」

「我看你回不去了。給我待下來！」陰魂也直起身來，伸出一隻像樹根似的顫抖的爪子。

風聲隨即把身旁的一個紅毯子拋向陰魂，然後抓住渡鴉的腳喊著：「快飛！」渡鴉驚叫了一聲，拽著風聲飛到了空中，被拋下的陰魂在下面號叫著。「你很快就會後悔的！」鬼鳥們也隨聲附和著。風聲沒有看見陰魂舞動著他那攥成球狀的爪子，也沒有聽見他的自言自語。「至少還有另一個目標。」

風聲緊緊地閉著眼睛，只能聽見渡鴉扇動翅膀的聲音。這聲音不久就轉變為木頭燃燒時爆裂的聲音。

令他驚訝的是他能聞到自己身體散發出來的一股鹽巴和胡椒的味。難道這是一場夢?他咳嗽著睜開了眼睛。他那被火燎的皮膚已經變成了粉紅色，他的肺就像被撕裂了似的。他還架在火上。火苗往上竄，燒焦了他的身體。眼淚流出來就蒸發了。

風聲突然意識到他的周圍沒有多少煙，可是煙終歸得有個地方冒吧。他伸著脖子，斜著眼睛往上看，只見天花板上有個窟窿，冷氣從那裡吹進來。他向四周瞧了瞧，哪還有什麼始祖鳥肯待在火爐的附近，看火爐子的此刻也都派去幫廚子去了。他瞥了一眼下面的火焰，看來只有一個辦法，而且那是傻子的辦法。他張開嘴，深吸了一口氣，使出全身的力氣向火焰吹去。然後，他緊緊閉上眼睛，等待著火焰向他反撲過來。不久，他感到綁著他的繩子燒了起來，可同時他的羽毛也著了起來。

一根繩子掉了下去，他吃力地伸開了鬆解的那個翅膀。接下來，他斜過身去啄綁在另一隻翅膀的繩子。繩子被啄落到火中，燒成了灰燼。

運足所剩不多的力氣，風聲振起翅膀，朝天花板的窟窿飛去。窟窿不大，風聲夾在裡面瘋狂地掙扎著。霍地，窟窿被掙破了一些，他終於飛到了空中，飛進了夜的天空！寒風擁抱著他。

「他逃了！」下面的一隻始祖鳥驚叫道。

風聲飛行時身上還帶著火。那忽忽悠悠的翅膀拖著忽忽悠悠的火焰，看上去簡直是隻火鳥。

始祖鳥向他射去了很多箭，都沒射中。

他知道他在空中堅持不了多久了。他的過去已燒成了灰燼，現在他不再是奴隸了。

「『013無類鳥』這回真的死了。」他想。此時，他燒焦的身體搖搖晃晃地開始墜落下去。「風聲再生了。」

在每隻鳥的心靈深處
都有一個是非的指南針。
——《古經》

第四章

開始

「風聲，往西邊飛，越低越好，能藏就藏！」母親愛琳向他喊道。他嚇壞了，只好聽從。母親開始朝相反的方向飛。她時而跳起來，時而停下來，好讓始祖鳥追上去。她把一隻翅膀拖在身後，假裝受傷了，試圖吸引敵鳥，好把他們引向自己。

恐懼中他吃力地往西邊飛，可又忍不住回頭望了望。母親繞過一個沙丘就再也不見了，後面緊跟著追殺的始祖鳥。這就是他看母親的最後一眼。

記憶連同火焰一起幾乎把風聲燒焦了。當他不由自主地衝向地面時，他閉上了眼睛，忍住了叫聲。翅膀此時已經沒有用了，他扭轉著身體，想用爪著地，可是沒等調整好，右爪就先撞到了一塊大石頭上，身體的重心隨之壓在右爪上，把它壓傷了。

因為身體猛撞到地上，身上的火苗幾乎全被撲滅了，只有少數幾根羽毛還冒著煙。叫風聲吃驚的是剛落地不久，他的耳朵就傳進了一個又細又弱的聲音。「風聲！感謝天神，你還活著！」

原來是翼哥在說話。啄木鳥抓了一些濕泥土，撲滅了餘火，然後又抓了一些抹在風聲的羽毛上，這樣他就不容易被發現了。「試著站起來。」翼哥焦急地說。「快！快一點！」

「去哪兒？」風聲問，搖搖晃晃地站了起來。

「我知道地方。跟我來。」

風聲知道自己飛不了，就一瘸一拐地盡快走，好讓受傷的腳不承受過多的重量。啄木鳥在一邊攙扶著他。

風聲的視線開始變得模糊起來。突然，他隱約地看見一隻紫黑色的鷯哥朝他們走過來也來攙他。在兩隻鳥的攙扶下，他邁進了一堆篝火的光影中。他似乎看見了一隻灰藍色的鳥在那兒獨自舞劍。見到火苗，風聲不由地往後退了一步。

正在這時，天空掠過一些藍色的影子，是幾隻小翠鳥向他們飛過來。那隻

健壯的鷯哥祝賀風聲逃離了「火海」，翼哥用尖細的聲音興奮地跟他說話，可他一句也沒聽清。許多張笑臉圍攏上來。有些鳥開始給他的燙傷纏繃帶，還有些用冷水給他洗受傷的腳。

風聲轉過頭，一眼瞥見兩根黃色的木棍子立在眼前。他定了下神才意識到它們根本不是木棍，而是兩條細長的腿。那條右腿上有個可怕的疤痕。順著腿往上瞧，他看見了一對合著的翅膀、一個身體，再往上，一個長脖子和一雙看著他的黃色眼睛。他就是剛才練劍的那隻鳥。那張白臉長得很滑稽，像個楔子形，但眼睛上方的兩道黑羽毛看起來卻很威嚴，讓你不敢笑了。他用渾厚的嗓音

說：「孩子，歡迎你。你在這兒就安全了。我是蒼鷺漁翁。歡迎啊！」

聽了這話，風聲才感到眼前的一切是真的，而不是幻想。

「我們自由了！我們自由了！」啄木鳥歡呼著。風聲這才注意到剛才攙扶過他的那隻鷯哥正站在對面，一隻爪裡還擺弄著一根長棍子。他飛過去，感謝了鷯哥。鷯哥微微點了點頭說：「哪裡，你太堅強了。對了，我叫胃哥。」風聲仔細看了看這隻貌似武士的鷯哥，令他感到吃驚的是胃哥的脖子上竟然戴了一條帶有木製紅墜的、樣子很有意思的項鍊。

風聲在這個荒涼的沼澤地區竟意外地感到了溫暖。「這是什麼部落？」他嘶啞地問。

「這年月哪還有多少獨立的部落了。」老蒼鷺答道，並用翅膀比劃著。「許多被始祖鳥攻打後倖存下來的部落聚在這兒一起生活，組成個群鳥寨子。我們有白鷺、鷯哥、蒼鷺等等，就連愛克部落的小翠鳥都成了我們的成員。」

說話間，有一隻蒼鷺飛過來，遞給每位一塊小扁石頭，上面盛著冒著熱氣的食物。看見這隻蒼鷺，大家都沉默下來。她看上去似乎有什麼心事。「拿著。」她說。大家低聲道了謝。

之後，這蒼鷺好像能聽見別的鳥所聽不見的聲音似的，邁著蹣跚的步子向樹蔭處走去，口裡還念叨著：「蠟燭……他做蠟燭做得最好了，甚至能做成小鳥的形狀。可惜的是那些小鳥形狀的蠟燭都燃盡了……」

「那是我的妻子，愛藍多姆。」漁翁憂傷地說著，走過去安慰她。「戰亂前我是個做蠟燭的。我所有的孩子不是被始祖鳥打死了就是餓死了。打仗時我的一個爪趾被打斷了，所以我不能像以前那樣做蠟燭了。可憐的愛藍多姆受到了打擊，她現在生活在另一個世界。不過愛藍多姆看起來對你們兩位很有好感。」

「她的表情看起來多失落啊！她失去了孩子，我失去了母親，這是戰爭所帶來的後果。」風聲悲傷地想。他低頭看著盤子裡食物，香味幾乎讓他忘了自己。在這之前，他每頓飯只能喝幾勺蘆葦根做的清湯。他做夢也想不到能吃上這麼香的飯——山楸梅醬拌蚯蚓。這不是皇上才能吃到的菜嗎？那肥胖的蚯蚓被烤得恰到好處，棕黃色的，脆脆的。皮上裂縫處溢出來的脂肪被烤得還在

「嗞嗞」地響著，裡面的肉還帶著粉紅色。山楸梅被熬成了玫瑰紅色的汁，澆在了烤好的蚯蚓上，就成了現在這個獨特的帶著土香味的佳肴了。

席間，風聲和翼哥講起了他們的經歷。「我從烤架上掙脫下來，從一個風口飛了出去。幸虧翼哥救了我。」風聲講道。他沒有提起夢見陰魂的事。

「你真了不起。那才叫真正的勇敢呢！」一隻翠鳥在一旁稱讚道。

「是啊，多麼神奇的經歷啊！」白鷺贊同地說。

「我想……」翼哥有點猶豫的說。「我想我該彈唱一首歌來慶祝一下。你們有沒有多餘的弓弦？」讓大家驚訝的是，翼哥很快把弦穿到了他那弓形木棍的孔裡，轉眼間，弓形木棍成了一把豎琴。

啄木鳥邊彈邊唱道：

命運是一條暗河，

要看清它的方向

必須經過曲曲折折。

如今水已順暢，
湍急地流向遠方。
我們慶幸，我們感激，
因為我們自由了。
願自由長久，
願命運在明年之春
帶給我們幸福、快樂。

翼哥的歌聲飄過了池塘。那池塘上浮著一層綠色的水萍，淺水處支出了一些死樹幹，上面掛滿了絲狀的苔蘚。有些樹枝伸向天空，又白又尖，像是天空的牙齒。下雪了，天上飄下來零星的雪花。這地方有二十幾個季節沒有下雪了。夜空裡飄下來的雪花看上去既神奇又美麗，彷彿是天上墜落下來的星星。

「可惜，那些蠟燭都燃盡了……」愛藍多姆憂傷的聲音在黑夜中飄著。

歌聲停了，漁翁走到了風聲身邊問：「你為什麼不休息呀？」

「我害怕。」風聲答道。他轉向漁翁。「假定有什麼東西在你的身體裡吃你，要控制你；假定它引誘你去做什麼事，而你知道這事根本不好，但你也知道如果你聽得久了你就信了，它比你身外的東西還危險。也許戰勝他的辦法就是永遠不給它跟你說話的機會。」他想：「像陰魂那樣，在我要死的時候承諾給我生命。還有，像恐懼，像絕望，像貪欲，像憤怒……」

漁翁凝視著這隻幼鳥說：「你畢竟經過掙扎、鬥爭闖過了這一切。換其他的鳥很可能會放棄而死了。沒有誰敢強迫你做你不想做的事。我認為你的經歷和選擇錘鍊了你，使你能主宰自己了。」他想：「因為你的靈魂已經覺醒了。」

他看見風聲的臉上現出了異常堅定的表情。突然，風聲嚴肅地問：「漁翁？」

「怎麼？」

「我看見您……練劍了。胃哥會練棍子，我想我也要學武藝，將來好保護自己。可我的腳……我能不能……？」他的聲音變小了。他的右腿蜷縮在肚子底下，上面盡是傷，有些傷口上的瘀血都變成了紫黑色。

「是的，是的，你能學的。」蒼鷺很確定地回答。

漁翁第一次看見小白鳥笑了，露出了他血氣方剛的一面。這個微笑不是快樂的微笑，也不是充滿希望的微笑，它像是在說：「命運在我前方鋪了一條艱難的路。我所做的以及我的身世將塑造我的未來。」

「微笑吧，孩子。就這樣永遠地微笑下去。」漁翁想。

風聲單腿立在那兒，抖了抖毛，把頭插進了一隻翅膀底下睡了。

漁翁悄悄地走進了香柏樹林中，朝著一個小木屋走去。那個屋子裡放著寨子的所有武器。一隻哨兵鶴就守在附近。他一隻爪裡拿著塊石頭，這樣等他熬不住睡了的時候，石頭就會從爪裡落下去，他馬上就會醒來。「您好，漁翁。」鶴打著招呼。

漁翁走到小木屋的裡面，俯下身去拿什麼。不一會兒，他抬起身，拿起了

一把小劍。這把劍式樣很簡單，但很精美。它是漁翁年輕時用過的劍，一把輕便、靈巧的好劍。

他拿著這把小劍，又悄悄地回來了。篝火中的炭火已經暗了下來。他輕輕地打開了風聲的爪子，把劍柄放了進去。小白鳥沒有醒，但他那帶傷的爪子卻緊緊地握上了劍柄。漁翁也用自己細長的爪子輕輕地握住了風聲的爪，他感到了這隻幼鳥靈魂深處堅強的意志和無窮的力量。

「是的，是的，你能學的。」漁翁小聲地重複著。

在沼澤區數百里以外的東北部，一場暴風雪正席捲長滿雲杉和冷杉的原始森林。在一座山的山頂上，有隻乞丐鳥正艱難地蹣跚著。從遠處看，他的身影像個跳蚤大小的小黑點在白丘上慢慢地移動。

「蒼天啊！我被拋棄在這兒，整天戴著恥辱的帽子，饑餓像外衣一樣天天裹著我。誰能可憐可憐我呀？我只剩下一隻翅膀了，我還叫鳥嗎？」他舉起那唯一的翅膀向蒼天喊著。他苦苦地等著，可寒風仍舊呼嘯個不停。他那用楓葉串製成的「外衣」被狂風吹得「嘩啦嘩啦」直響；「外衣」底下的卡其布破軍服也隨風鼓動著。「怎麼不回答我！你和其他鳥沒什麼兩樣，全都冷酷無情！」乞丐鳥上氣不接下氣地嚎著。他擦了擦嘴邊的唾沫星子，又搖搖晃晃地向山下走去。他左翅膀殘餘的部分又流膿血了，裡面生了凍瘡，開始腐爛了。腐爛處長了蛆，蛆在裡面蠕動著，爭著往暖處爬。「你吃我，我吃你！」貓迪爾咬著牙說。他用喙啄出一條黏糊糊的小白蛆，吞了下去。「餓死我了……」他站不住，跌倒了下去，躺在那兒，一動不動。肩膀上那塊凝固的血像一顆石榴石在閃光，在他那破舊衣服的襯托下，閃動著一種淒慘的美。

漸漸地，雪片開始覆蓋上了這個被放逐的罪犯貓迪爾，漢格利亞斯皇上的前任第一將軍。

身體強壯、頭腦伶俐、足智多謀、勇敢善戰但又溫順脆弱，陰魂正抓緊一分一秒的時間搜尋一隻具有以上特徵的鳥。他需要的這隻鳥既要有找到英雄寶劍的本領，又會情願地吞下他的精髓。上次引誘風聲未遂，他還有貓迪爾這個

目標。但他害怕，十分害怕貓迪爾認出他就是吃王子的那個怪物。「他不會認出我的。」陰魂惡狠狠地說。在派渡鴉去抓這個始祖鳥之前，他重新整理了一下自己披斗篷的樣子。「這回我要倍加小心，不要把什麼事都一股腦兒地說出來。」陰魂想。

報仇、權勢、力量，陰魂樣樣都向貓迪爾承諾了。

「瞧瞧你這個樣子，一個大將軍竟成了一個被砍掉翅膀的罪犯。即使你快要死了，你的眼裡還噴著火。」

「別取笑我。」

「嗯，還有點小脾氣，是不是？在你面前有兩條路：一條——這你知道——是死亡；但是我還可以給你提供另外一條路。從前我跟你一樣，我被焰魔和天神奪去了我的潛能和力量，永遠被囚困在陰陽界之間這個該死的地方，但是我能幫助你獲得我從來沒有的力量。」

貓迪爾連頭都沒有抬。自從他被砍翅以後，他的臉總是帶著一副苦相。

「我在等死。讓我死吧。我不想在痛苦中活著，忍受著單翅鳥的恥辱。」

「你真的願意死，而叫你的仇敵漢格利亞斯勝了？我可以給你一隻翅膀，它不是一般的翅膀，但它很適合你，而且比你失去的翅膀還好。」說著，陰魂走到陰影中，舉起了一隻翅膀，飛快地砍了起來。當一隻後翅膀從他的身體上被砍下來時，他把頭轉過去好掩蓋他疼痛的表情。「這麼做值。」他邊想邊咬著牙。他彎著腰又回到了亮處。他那斗篷又長又大，足以遮蓋住他砍掉翅膀的地方。

「給。」他忍著痛硬嗆出個話來。他舉著一隻幾乎像蝙蝠的骨嶙嶙的翅膀，上面長著鱗，鱗片的周圍還長著絨毛。「這東西刀劍砍不斷，弓箭穿不透。它能讓你重新飛起來，再次成為一隻真正的鳥。」

貓迪爾渴求它。能飛，還有力量去報仇……但是他總覺得這個東西不對勁，這一點他很清楚。於是，他猛地把翅膀打到了一邊。

陰魂沉默了一會兒，然後走近貓迪爾，慢慢地從袖子裡伸出了個爪子，深情地放在了貓迪爾那熱血在湧的腦袋上，再把它向上一扭。當他與貓迪爾的目光對上時，兩顆熱淚從陰魂的眼裡流出，順著他那消瘦的臉頰慢慢地滾落下去。身後壁爐裡的火在「嘶嘶」地燃著。

「看看他們對你都幹了些什麼。」他的聲音顫顫巍巍的。「看看他們對世界都幹了些什麼。這些邪惡的鳥，心裡除了權欲和玩樂什麼都沒有。你難道不想阻止他們嗎？你難道不想讓我來幫助你嗎？」

他看上去好像為貓迪爾的痛苦，為整個世界的痛苦而感到很悲傷，就好像他完全理解這隻始祖鳥所受的折磨，就好像他真的很關心。

「請吧。」貓迪爾相信陰魂是真誠的，他的疑慮已經完全打消了，他的防

線終於被攻破了。「請救救我吧。我需要你的幫助。」

他哪裡知道陰魂除了他自己根本誰也不關心。

「因為我被困在這兒，我無法直接參與陽世間的事。」陰魂告訴貓迪爾。「但我知道的很多。這個翅膀能幫助你重新飛起來。試試看你喜不喜歡。不過，這個翅膀只是個靈魂的翅膀，不帶陽世間的肉，所以每個月的新月之夜，你必須回到這兒，我好給你一種魔水。你必須喝了它才能給翅膀補充能量。以後我還會給你更好的東西。要把這個世界變成我們所期待的那樣，你將需要一把寶劍。這把劍是天神命令派佛羅鑄造的，它藏在考利亞島。我能告訴你一個線索：英雄日就在一年半以後第五個圓月之日。只是有隻叫『013無類鳥』的奇怪白鳥活在世上，我感到他對你是個威脅。找到他，把他殺掉，然後去尋找一些寶石，就是一些鳥所說的麗桑寶石。這些寶石能提供你所需要的其他線索。」說著，陰魂舉起雙翅。「那把寶劍就等著一位英雄去取了。它的神力能讓你做任何事……所有的事。」

如果你殺了一千隻鳥，
你贏得了一片森林；
而你若殺了一個皇帝，
你擁有了一個帝國。
——《邪經》

第五章

快了，快了

貓迪爾醒了。他從雪地上跳了起來，展開翅膀試著撲打空氣。陰魂給他的翅膀果然靈驗，他驚喜地怪叫了一聲。

因為過去當將軍時曾多次隨皇上到過冬宮，所以他斷定漢格利亞斯皇上此時應該是在南方的沼澤營。他朝南方飛去，興奮度也隨著氣溫在升高。

幾個小時後，他已跟卡瓦卡將軍聊上了。

「我真的不敢相信！你竟然還活著，而且能飛！」卡瓦卡高興地說。卡瓦卡因為小白鳥逃了，皇上要降他的職。這會兒，貓迪爾來了。他也是被皇上錯貶的將軍。

「卡瓦卡，跟我一起幹掉漢格利亞斯。我做了皇上，就封你為第一將軍。」

「沒問題，我和士兵將全力為您效力。」卡瓦卡將軍發誓道。「我還記得漢格利亞斯命令我們砍掉你翅膀的那天。我們都知道王子丟了不是你的錯。他將為此遭到報應的。」

對於風聲來說，在沼澤區群鳥寨的日子是他最快活的日子。他的傷痊癒了，漁翁在教他劍術，他用的就是漁翁年輕時用過的劍。風聲學得很快，並從各種閃電般的劍法、劍步中獲得了勇氣。

訓練給他帶來了快樂，而且他與新朋友建立起來的友誼也更讓他感到溫暖。當翼哥不彈豎琴的時候，他就在風聲和漁翁練武的場地上空盤旋，不斷地給風聲加油。胃哥也經常來到朋友當中練練他的長棍。

但是時間不能永駐，風聲也明白這個道理。「我不能在這兒久待了。萬一

始祖鳥來搜查我怎麼辦？我想這會連累你們的。」

正在寫日記的翼哥抬起頭說：「你去哪兒，我就跟到哪兒。」

「我也去。」胃哥說。

「你們儘管和我們待在一起。」漁翁說。可是他們堅持要走，漁翁只好在泥土裡用爪子畫了一個地圖。「邊境一帶安全點，那邊始祖鳥很少去。在阿瑪麗河的附近，你們能遇見一隻叫福來多的金鷹。飛越那條河還有其他一些反抗的營寨。如果你們想繼續跟始祖鳥鬥下去，福來多會帶你們到那些營寨的；如果你們不想鬥下去了，就離開那兒，找個太平的地方過日子吧，沒有誰會指責你們的。我們的反抗鬥爭是艱難的。單靠我們自己，也許永遠不會勝的。」

胃哥聽了皺了皺眉。翼哥也把頭轉向別處，表情悵然。只有風聲吃驚地看著漁翁。「您真的這麼認為的嗎？」他問。「我們永遠贏不了？」

漁翁歎了口氣，他的長喙低下去。「我不是見鳥就這麼說的，孩子。的確有很多大事要做，但坦率地說，單靠我們自己，這些事難以完成。儘管我們在夢裡、在心裡能做這些事，可在現實中我們是沒這個能力，也沒這個力量的。

我們前方的路很難啊。」他凝望著天空，繼續說：「但是有一個英雄能完成這個使命。他要來了……他要來了。當他到來的時候，他會把我們從暴君的魔爪中解放出來。」

「他是誰？」風聲很激動，聲音有些顫抖。

「我不知道他的名字，也不清楚他長得是什麼樣，但我知道他就要來了。當他到來的時候，他會把成千上萬躲藏在荒涼地方的鳥解救出來，給他們找到好的地方去耕種、去收穫、去填飽他們饑餓已久的肚子。到那時，所有的鳥都能和平共處地生活。」

翼哥抬起了頭，也專注地聽著，目光中帶著渴望。

「如果我們的寶石還在，我會知道更多的。」漁翁歎息道。「可我們失去了寶石，這個損失很大。聽說還有幾顆麗桑寶石，跟我們的寶石一樣，都有尋找寶劍的線索。那把寶劍就是英雄所需要的。」

「一把劍？武器怎麼能帶來和平呢？」翼哥問。

「這聽起來自相矛盾。」漁翁贊同說。「但這不是一把打仗用的劍，它潛在的神力能震懾邪惡。在英雄的爪裡，它能給我們帶來幸福。」

風聲若有所思地抬起頭問：「英雄什麼時候能到呢？」

一時間，靜寂難挨。「快了，風聲。」漁翁開口說。「快了。」

貓迪爾落在卡瓦卡的士兵中間，靜靜地盯著始祖鳥皇上冬宮的大門。他把斗篷帽子拉到了只露眼睛的位置。那斗篷除了他骨嶙嶙的爪子以外把他全身都遮蓋住了。雪在飄，他卻一動不動地立在那兒。

卡瓦卡開始叫門。門裡面一個弓箭手衛兵打開了門上的窺視口。「半夜你來幹什麼？」他問。「如果你要留個信兒，就快留。」

「我有特殊的消息，」卡瓦卡說，「要面見皇上稟報。」門衛掃視了一下外面站的鳥。他剛要讓他們進門時卻瞥見了貓迪爾。「他是誰？」他在納悶。還沒來得及問，貓迪爾微微舉了一下左翅。他的斗篷隨之撩了起來，露出了整個翅膀。

門衛嚇得嚥了一下唾液，來潤潤突然變乾的喉嚨。藉著月光，他看見了那

個翅膀上濕漉漉的灰色皮膚，皮膚下那一堆一堆的血管一起一浮的，好像在嚇唬他似的。這隻奇怪的鳥儘管身體不動，可他那翅膀的弧狀處卻有個黑爪子在抽動。

「不管他是誰，反正他和卡瓦卡在一起，讓他進來也不會有什麼問題。」門衛打著寒顫想著。一陣「啼嚓、啼嚓」的響聲過後，門慢慢地開了條縫兒。

貓迪爾敏捷地走進去，卡瓦卡緊隨其後。他們穿過綠色長廊，走過了燈火通明的戰利品展示廳，穿過了夜晚站崗的哨兵和奴僕。他事先買通好的瘦文官頭向他微微地鞠著躬。沒有鳥阻止他或向他發問。貓迪爾沒等進到開滿迎春花的議政廳就轉彎了。前不久漢格利亞斯皇上就是在這個廳裡接納貢品的。走過左廳，往上攀了三個枝杈，再往左拐，進入了一個室外走廊，然後往右拐。來到最後一扇大門前，他毫不猶豫地把門拉開進去了。

始祖鳥皇上正獨立窗前，打著呵欠。他喙上的金環在月光照射下，閃著光。他身穿紅天鵝絨長袍，衣服上佩帶了各種金銀飾物，兩根爪趾間還夾著一隻小螃蟹，舉在那兒。

「我回來了，祖翼。」貓迪爾說。

皇上脖子上那橄欖綠的羽毛全都立了起來。

他猛扭過身，隨之喙上的金環悠盪起來撞到喙邊「噹噹」地響了兩聲。

他那爪裡的螃蟹也隨即從爪縫間滑落到地上了。

「你——」漢格利亞斯驚恐萬狀。

「是我。」

「你還活著……」皇上結巴起來。

「你的……翅……」

貓迪爾解開他的濕斗篷，臉上浮現出一絲微笑。那醬紫色繡著銀邊的斗篷落在了他的腳下，堆成了一堆。他撣了撣身上的雪花，舉起他的左翅。祖翼吃驚地凝視著。

「天啊，怎麼能——」皇上又結巴了，貓迪爾又笑了。

「你為什麼來這兒？」漢格利亞斯終於戰戰兢兢地問道，他那胖胖幫子上的綠羽毛顫抖著。

「難道你、我不知道為什麼嗎？」漢格利亞斯面前的灰色鳥在獰笑，他那又尖又白的牙齒像水晶一樣閃著寒光。

皇上抓住窗沿，看來從窗戶跳出去飛進雪夜的天空是最佳的選擇，可是他沒有那樣做。「謀殺犯！說謊的鳥！」他搖晃著他那肥胖的身體一邊走一邊喊著。「你殺了我的兒子，弄丟了寶石，你向朕撒謊。你以為朕會相信你所編造的四翼恐龍的鬼話嗎？哈！什麼在火焰中消失了……你竟敢回到這裡！」

「我沒有撒謊！我說的都是實話。你毀了我。」貓迪爾說。一時間，他的傲慢不見了。「我一直全心全意地為你效勞。那次全朝武官都為我求情。你知道倘若砍了我的頭，他們會造反的，所以你命令士兵砍掉了我的一隻翅膀。你料想我已經死了，可我沒有死，是仇恨和復仇的欲火把我從死神的魔爪中拖了回來。你知道我受了多少罪嗎？我的殘肢不停地在流血。我是你最好、最忠實的將領。誰曉得你對其他鳥也做了多少類似的惡事？誰知道你將來還會對其他鳥再幹出什麼殘酷的事來？我要讓你看看皇上應該怎麼做。」

「衛兵！」皇上瘋狂地喊著。「把他帶下去！」

貓迪爾笑了。「你的奴僕難道沒有告訴你卡瓦卡將軍來報信嗎？他現在已經同意為我效忠，他的士兵已經降服了你的衛兵。你的朝廷正等著一個新皇上來登基呢。」

正在這時，有鳥在敲門。貓迪爾迅速穿上他那沉重的斗篷，去開了門。進來的不是皇上的衛兵，而是卡瓦卡，還有朝廷的文官長老，其他文武官員也隨後進來了，立在兩側，緊跟其後的是卡瓦卡軍營全副武裝的士兵。

漢格利亞斯氣憤地瞪了一眼貓迪爾，摘下了喙上的金環，向他拋過去。

「拿去！拿去！」

貓迪爾鎮定自若地俯下身拾起金環，把它舉起來。這個喙環是純金的，做工精細，上面鑲著一顆黑色瑪瑙，瑪瑙的周圍由一條金絲纏著。金環的一側刻著幾個字——「齒喙族的君王」。

「謝謝祖翼。」貓迪爾說。「我接受這個皇權，我將統帥你的軍營，我將把和平和秩序帶給這個世界。一切都歸我統治，天下再沒有邪惡。像你這樣的鳥將會滅亡。」

「我不信……你這個無賴、罪犯……」漢格利亞斯氣憤地說。

貓迪爾沒理他。

貓迪爾向文武官員微笑著高高舉起了那個金環，並把它彈響了一下。

「祖翼。」文武官員和士兵齊聲喊道。官員們都把左爪壓在了胸口，施了始祖鳥效忠皇上的禮。這個儀式對一個新皇上登基是足夠了。

後面的士兵跟著施效忠禮。「祖——」

正在這當兒，漢格利亞斯一個箭步竄了上去，拔出了一把暗劍，把劍刃壓在了卡瓦卡將軍的喉嚨上。「叛徒……」

漢格利亞斯還沒來得及把話說完，只見他的身後閃了一道金屬器械的影子。他倒在了地上，身上那件馬甲上的一片片圓形的金屬片還泛著幽光。

「老傢伙總是詭計多。」貓迪爾說完把劍放入劍鞘。他剛才用了一個特殊的劍法把漢格利亞斯幹掉了，這個劍法名曰「致命死」，是很少能失誤的絕技。接著，他抖了下羽毛命令道：「傳旨到每個軍營，他們現在有新皇上了。我有很多新的方案。首先，我們要盡快離開這個地方，回城堡莊去。這個冬宮是給弱鳥建的。抗寒冬能強壯我們的身體。」他蔑視地瞥了一眼漢格利亞斯的屍體。

「是的，陛下。」文官長老走上前，爪裡舉著一個奏摺。「可是在我們走之前，陛下是否要我們下達漢格利亞斯新列的通緝犯名單？」

貓迪爾剛要厲聲說「不！」但又改變了主意。「把名單給朕念一念。」他仔細地聽著。突然，其中首犯的名字「013無類鳥」嚇了他一跳。「我的導師陰魂跟我提過這隻鳥。」他想。「是的，『013無類鳥』，要通緝他！」

貓迪爾叫著。「至於賞給擒拿者的橡子和松子，要加倍。記住要在通緝令上畫上他的肖像。對了，他的罪行是什麼？」

「他公開頂撞漢格利亞斯，而且違旨潛逃。」

貓迪爾點了點頭，並用心記下了這件事。「好，這事就先擱到這兒。」他想。「下件事該是考利亞王國。」他把頭轉向文官長老說：「還有件事，關於考利亞王國，你知道些什麼？」

這隻老始祖鳥吃驚地眨了眨眼睛答道：「考利亞王國？陛下，那只是個傳說中的神秘島嶼。聽說那島上未下過雪，花兒也從不凋謝。那個王國聽說是由一隻叫派佛羅的鳳凰統治的，可那只不過是個傳說罷了。任何有學識的鳥兒都不會認為那個島真的存在。」看見貓迪爾怒視他的眼神，他說話開始有點結巴了。

「那個島存在。」貓迪爾兇狠地說。「我要找到去那個島的路線。去查查書，發現任何線索，速來稟報。都要查！」他的目光掃視著在場的所有的官兵。

「陛下，這裡有一顆麗桑寶石，是卡瓦卡將軍找到的。」文官長老舉起那顆從翠鳥部落搶來的寶石。

「上面的字是用古禽語寫的。我得盡快把這種語言學會，好弄清這些字的意思。」貓迪爾想。他來了精神，提高嗓門宣布道：「從現在起，你們遇到任何知道考利亞王國的鳥，無論是士兵還是奴隸，都統統給朕帶來。把這個意旨傳達給全國每隻始祖鳥，聽懂了嗎？」

「聽懂了，祖翼陛下。」在場的文武官員以及士兵全都磕下了頭。

「世界已抓在我的爪子裡。」他邊想邊用爪趾慢慢地撚著喙上的金環，一前一後，一前一後。

戰亂會給心靈投上一道陰影。

——《古經》

第六章

迷惘

風聲、冑哥和翼哥沿著一片小樹林的邊緣飛行著。突然，飛在前面的風聲向灌木叢的陰影處潛飛下去，其他倆也跟著飛了下去。風聲用喙悄悄地向前一指，只見前面空地處，一隻始祖鳥正用刺往樹上釘著一張告示。

等到這隻帶牙的鳥走了以後，翼哥走上前念起來：

通緝令

新祖翼皇上差遣沼澤營通緝如下罪犯：

主犯：013無類鳥。

特徵：白羽毛、紅喙及紅腳。

「看見了嗎？」翼哥低聲問。

「你的腦袋值八斗橡子、松子，還外加一袋子財寶！」

「真夠多的，想想吧，現在正值早春，可是青黃不接的季節呀。」冑哥嘀咕道。

「聽下面的。」翼哥繼續念：「『與主犯無類鳥一同

要緝拿的還有：一隻啄木鳥，代號216；一隻鷯哥，代號987。他們是與主犯同謀的最大嫌疑犯……』」

「每隻鳥都要盯上我們了，」風聲說，「從現在起，我們必須比以前更加小心才行。」

風聲說得對，不久前他從漁翁那兒學來的劍術馬上就用上派場了。當他們剛飛近湖邊時，就有五個黑影突然從不遠處的樹蔭裡竄出

來。為首的爪持長戟，還有兩隻爪持月牙刀的跟隨其後兩側，他們乍擺出一個「V」字型的陣容。在後兩側鳥的中間有一隻鳥爪持矛槍，矛槍手後面跟著一隻緊握彈弓的鳥。

交戰時，通常是前面粗壯的指揮鳥逕直飛，見什麼就刺什麼，後兩側的鳥負責阻止對方向左右逃跑。同時，那隻抓持矛劍的鳥向下飛，潛到對手的背後，再從後往回夾擊，而那隻拿彈弓的則向上飛，佔領制高點向下射出又圓又硬的石頭。這招既毒又靈。現在他們正是用這招圍攻著剛發現的「013無類鳥」、「216啄木鳥」和「987鷯哥」。

突然，風聲感到左邊拿月牙刀的鳥有點面熟，他掉頭飛過去，用劍擺成了招架的姿勢。那士兵向他砍了一刀，風聲閃身一躲，可右爪卻被劃傷了。

他認出了這張臉，正是蘿蔔頭，蘿蔔頭也認出了他，叫道：「『013無類鳥』！」

「你曾經施恩於我！」風聲喊著。「如今為什麼要殺我？」

「是新祖翼的聖旨。」

「但是……為什麼光聽他的呢？為什麼不問問你心裡是怎麼想的呢？」

「因為他有那個喙環。這是我們的老傳統。」蘿蔔頭一臉虔誠地說。「不管誰戴著它，始祖鳥都必須服從他。」

「這……」風聲感到迷惑不解。「那你自己呢？讓你自己選擇的話，你會怎麼做呢？」

「我是——」蘿蔔頭猶豫著說。沒等他說完，胃哥飛了過來，一棒子打在他肩上，蘿蔔頭被打落水中。風聲四下看了看，見其他始祖鳥也都掉到了水中，正掙扎著往上飛。始祖鳥打仗很厲害，但飛行技術卻很差。

「你看上去跟那傢伙打得有點吃力，所以就過來幫一把。」胃哥看著下面在水裡撲騰的始祖鳥，洋洋得意地說。

風聲愣著神說：「你差點把他打死了！」

胃哥對風聲的話很不理解，在那盤旋著。「風聲！他們是派來殺你的！始祖鳥幾乎把你烤死了！難道你都忘了嗎？」

「快！」翼哥喊道。「我們得趕快飛！」

風聲還沒轉過神，就跟著翼哥和胃哥飛走了。很快始祖鳥就從他的視線中消失了。

難道他打仗的目的是為了復仇嗎？風聲腦子裡閃現出這樣一個場景：他，一個年邁的鬥士，站在山頂說：「好極了！他終於付了代價。」然後，他在那長得能拖到山坡下的復仇名單上打著勾。「難道這就是我未來的生活嗎？」他苦思冥想著。

那天深夜，他們圍著一小堆篝火坐著。翼哥默默地來到風聲身邊，從自己破坎肩上撕下一條布，小心翼翼地給他受傷的爪包紮上。「生活中什麼都難以琢磨透。」他嘟囔著。接著他調了調琴弦，開始彈唱一首小曲：

我們為何而戰？
我們常常不曉答案。
混如燉菜，稠如粥，
誰都揣摩不透。

是是非非難辨，

只好帶著勇氣而戰。

風聲帶著傷感聽著，勉強向翼哥笑了笑。歌聲讓他的情緒好了點，但他仍感到很迷惘。胃哥的話到底有沒有道理呢？去殺一隻過去施恩於你、現在又來殺你的鳥，到底對不對呢？還有沒有其他的選擇？

飛行途中，他們看到一片剛被洗劫過的家園。一群鳥在墓地裡悲痛地仰天長鳴。「我們也活不了多久了，我們也活不了多久了。」一隻鷓鴣哀號著。天空上盤旋著一群禿鷲。當胃哥詢問送葬鳥發生了什麼事時，他們只回答：「貓迪爾回來了。」

「誰是貓迪爾？」胃哥追問道。

誰也沒作聲。

「一里地以外還有更多的屍體。」他們隱約聽見一隻禿鷲在跟另一隻說話。

「我不去！」那隻禿鷲在一具鳥屍旁哭嚎著說，他看上去悲痛萬分。「過去，我一直對始祖鳥稱霸感到是件美事，因為遍野橫屍，可以毫不費力地找到食物。可現在不同了，眼前這具屍體竟是我妹妹的，她被殘殺了！」

風聲和他的朋友幫助這隻悲傷的禿鷲掩埋了他妹妹的屍體。翼哥哀吟著：

風捲輓歌，
遙望亡靈沙場。
堆堆白骨誰來埋葬？
親兄弟、親姐妹，
是誰屠殺了他們？
不是雷公，不是瘟神，
而是齒鳥匪幫。
痛哭能否喚回他們的遊魂？
哀悼能否撫慰他們的創傷？

只有鬼在應唱。

「我們不能讓這屠殺繼續下去——這世界簡直要成一個大墳墓了！」風聲想。「我必須找到英雄去阻止始祖鳥的罪惡行徑。」他大聲喊著。

飛著飛著，眼前的沼澤區變得越來越乾了，快成一片林子了。風聲的足傷也開始惡化起來。傷口感染了，那隻爪全腫了。胃哥問一隻蜂鳥去哪兒能找到醫生，她告訴他們在灌木叢中有一棵山毛櫸樹，那裡住著一隻叫蕾雅的鳥醫，並給他們指了路。

在灌木叢林外，戴一條淡紫色圍巾的蕾雅正給一些傷鳥看病。當風聲給蕾雅看他的右爪時，她在傷口上塗了一些藥膏，然後用繃帶包上。「給。喝了這個，你會感到好點的。」這隻伯勞鳥遞給風聲一杯海棠汁。「我還要去做點別的事，你儘管待在這兒養傷。」說完，她向荊棘遍布的叢林深處走去。

風聲似乎聽到了竊竊私語的聲音，這聲音像是從不遠處傳來的，可他又懷疑是不是他想像出來的。這時，有隻翅膀上纏著繃帶的小雀鳥推門進來，問醫生去哪兒了。

「她剛去林子那邊了。」風聲一邊說，一邊一瘸一拐地去喊醫生。他在灌木林裡越走越深，那「竊竊私語」聲變得越來越大。他回頭一看，胃哥和翼哥雙目圓睜，就知道他倆也聽見了。

他們從一個低樹杈底下走進去，發現進入了一棵山毛櫸的樹洞裡，原來後面的灌木叢遮掩著通向這棵山毛櫸樹的入口。這棵樹的樹幹整個是空的，稍往上的一些的樹皮有很多裂縫，光由那兒照進來。有不少的鳥擠在樹洞裡，一些是帶著傷疤的勇士，一些是穿著袍子的書生。年長的、年幼的都齊刷刷地落在那兒聽著。這裡的鳥不全是森林鳥。在一堆木屑上就有一隻鷚，很不舒服地站在那兒；在另一個角落有隻琴鳥，他羽毛的顏色很奪目。

風聲、胃哥、翼哥悄悄地來到後排，躲在一個尖頭的幹樹杈後面。

「……正如我說過的，新的威脅要來了。」一隻表情憂傷的棕柳鶯說。

「那個因為弄丟王子而被貶的貓迪爾將軍沒有死，他回來了。聽說他殺了漢格

利亞斯，奪了王位，現在還在尋找什麼。誰不聽他的，他就殺誰。你們都知道他那臭名昭著的『致命死』那招吧？」

「我們該做些什麼呢？我們怎麼才能保護自己呢？」一隻幼鳥問。

風聲他們眼前的那個幹樹杈突然動了起來，樹杈的尖頭開了口，說起了話：「對，告訴我們該怎麼做！」原來這根本不是樹枝杈，而是一隻黃褐色的蟆口鴞。這鳥的樣子與樹杈那麼接近，他們三個誰都沒有認出來。

就在這時，一隻鳥用粗啞的嗓門說話了，那是一隻十分自負的老嘲鶇。「我告訴你們我們不應該做什麼。愚昧的想法常常像瘟疫一樣傳得很快。向水裡滴一滴墨，很快水就變混了。有些鳥錯誤地認為我們可以跟始祖鳥結盟。三鳥兄弟幫已經這麼做了，結果怎麼樣呢？烏鴉、渡鴉和鵲哥他們的處境連奴僕都不如啊！」

風聲聽見身邊的胃哥猛吸了一口氣。

「如果你把他們當成朋友，他們就會玩弄你或把你當成工具使。」老嘲鶇繼續說道。「我們必須離他們遠遠的，絕不做幫兇或懦夫。」

「你的話打擊面也太廣了吧！」醫生蕾雅反駁道。「『他們』，『我們』？我們都是鳥，都是鳥類家庭的成員。難道整個一個種族的鳥全都是邪惡的嗎？」

「好，好，就算是有那麼幾隻個別的鳥不同，」老嘲鶇語氣有點緩和，「可那只不過是少數幾隻罷了。那幾隻又有什麼重要的呢？他們大多數是我們的仇敵，我們必須消滅他們。另外，還有一種錯誤的想法，我們必須警惕，這種想法聲稱不久我們就會得到幫助的。除了我們自己，哪會有誰能來幫助我們呢？要是信這個，我們就會變得懶惰，變得脆弱了。我們必須——」

風聲從蟆口鴞的後邊擠進來說：「可是英雄就要來了！我們得為他的到來做準備，好協助他。」

「英雄？」老嘲鶇嘲笑著說。「誰是英雄？英雄從何而來？為什麼在這之前他沒有出現過？」

「我不知道，」風聲說：「但等他來時——」

「哎，你是從哪裡冒出來的？」老嘲鶇審問道，「誰讓你進來的？」

一隻年輕的鷹站了起來，說：「先生……請不要這樣。他有傷。蕾雅是——」

老嘲鶇站起來，不悅地抖了抖翅膀，上面的幾小片白羽毛忽閃了幾下。「難到你是昨天才從蛋殼裡爬出來的？這個樹洞是屬於我們的，是屬於我們長老的。你連個劍都拿不好，啥使你認為你有權在這講話？」

「我希望你對我的患者客氣些。」蕾雅說著，也站了起來。

「啊，他就是那隻無類鳥！」蟆口鴟喊著。「他們三個，統統在告示上……他們就是始祖鳥通緝的逃犯。」

「你看看？你看看？自己惹了麻煩，招引耳目，跑到這裡來，拿我們的生命當兒戲！」老嘲鶇一連串地說著，「這年頭，年輕鳥把打仗都當成遊戲了。」

在場的鳥辯論起來。風聲吃驚地愣站在那兒一動不動，翼哥也驚慌地眨著眼睛。「為什麼這些鳥不理解我們要做的事呢？」他嘀咕著。

風聲無奈地聳了聳肩。「我猜也許是我看起來有點怪，可能我不屬於任何鳥類，而且我們比他們年輕，沒有偏見吧。」

正在這時，那隻年輕的鷹悄悄地擠到風聲這邊來說：「跟我來，兄弟們。別待在這兒了，快！」鷹把他們帶出蕾雅的灌木叢，來到外面說：「唉，你別在乎那老嘲鶇的話。我們不能怪他，他夠可憐的，他的兒女都被始祖鳥殺了。可你們三個最好躲起來，這地方耳目太多了。」

胃哥想起漁翁臨別時告訴他們這裡有隻鷹，就問道：「你是福來多？」

「就是啊！」福來多樂了。只見這隻鷹的肩上挎著一條編織的寬飾帶，上面掛了不少珠子和金屬裝飾物。飾帶上還掛著銀鈴。

「漁翁跟我們提起了你，他說你會幫助我們過河的。」風聲說。

「我知道這件事；三天前我就接到信了。我猜一路上你們為了躲避敵鳥，所以不得不飛得很慢。」鷹看了看太陽的位置，接著說：「好，好……我想漁翁是想叫你們飛越阿瑪麗河，進入戈壁灘。始祖鳥很少在那邊兒出沒。這樣吧，我將把你們一直送到那兒。來，」他補充道，往一個背包裡看了看。「往東飛幾里以外有個關卡。你們仨把這些都佩帶上。」說著，他把一些飾物和鈴鐺繫在一起，讓他們掛在肩上。

胃哥在鷹的物品中發現了一袋子星星狀的小飾物。「這些金光閃閃的小東西！」胃哥驚歎道。「它們是幹什麼用的？」

「是在演出時拋撒用的。」福來多快活地說。

忽然，鷹瞥見了翼哥的小豎琴，驚訝地說：「豎琴手，真是幸會呀！歌手遇到個伴奏的。我對樂器不太通。我曾經有個小號，可在打仗時給弄壞了，之後再沒有機會弄到一把了。當然，這一路有把豎琴相伴，那真是太好了。」

「你是歌手？」翼哥顯然很高興。「那太棒了。我可以彈奏民謠為你伴奏……」

風聲轉憂為喜，心裡充滿了歡樂和希望，胃哥也咧著嘴笑了。之後，他對風聲說：「他也許假裝是個很普通的遊唱藝鳥，但我感到他是受過訓練的。他能加入到我們的行列，可真是不錯！」接著，他又皺了皺眉說：「但是除了他以外，我還從來沒有見到過一隻鷹，遠離他們太平的山區四處遊蕩的。我不知道他為什麼說他是個孤兒，我很確定漁翁講的與他說的不同。不過那也沒有關係。但你說這事怪不怪？」

他們又飛了七里地到達了阿瑪麗河畔。這裡垂柳依依，香蒲遍岸，蘆葦成行。許多的始祖鳥在河邊巡邏。因為這個地方是邊境，所以始祖鳥控制得很嚴。大多數允許通過的是那些持有從始祖鳥高官那兒獲得特殊通行證的鳥兒。其次，那些為他們貨物付了稅的鳥商也來去自由些。再有，就是像福來多這樣的藝鳥也能較容易地出入。

風聲緊張地用一隻爪子輕輕地點著地。他向四周張望著，看見三五成群的鳥坐在那兒等著出境，有些鳥好像在那兒等了好長時間。

福來多讓他們三個藏在香蒲叢中，等到日落。一輪明月升上天空，給大地灑下了淡淡的光。直到這個時候他們才出來去排隊。他們的羽毛都塗上了各種顏色的莓汁。風聲不再是白色的了，翼哥紅色的頭也染成了黑色。他們向前移動步子時，身上的鈴鐺都在響。

風聲看見一隻小雀鳥被一個彪形大漢的始祖鳥從隊伍中拉了出去，就再沒回來。

終於，風聲和他的同伴走近了由一圈燈籠照出的光亮中。十雙眼睛盯著他們，十個帶齒的喙，亮光光地對著他們。

「我們是藝鳥。」福來多說。「我在森林區和沼澤區是最棒的歌手。他們是我的同伴……好，讓我們給你們表演一下吧！」

他們搖晃起身體，唱起了歌，彼此對視著，很快由緊張變成了微笑。福來多施展了吞劍的絕活，胃哥把那些星星狀的小飾物拋向空中。他們的歌聲多多少少給他們壯了膽。翼哥撥動了豎琴，福來多和胃哥開始旋轉。他們倆轉動的舞姿每隔幾秒就擋住一下風聲看見始祖鳥的視線。風聲待在那兒毫無表情地唱著歌，一會兒他看見同伴身上地銀鈴在上下搖動，一會兒他看見始祖鳥盯著他的眼睛，一會兒銀鈴，一會兒眼睛，直到他感到兩者融為一體，變成了同一個東西了……

整個過程其實不到幾分鐘，但對風聲他們來說像持續了一輩子似的。他們被放行，被驅趕著飛上了那氣流湧動的空中。

等他們飛到夜空中時，他們還在唱著，一是為了給始祖鳥聽，二是為他們自己唱。不久，他們的歌聲停止了，消散了。風聲的心感到像空了一樣。他們飛越了這條河，他應該慶幸才是，可他卻在想，他們現在能做什麼呢，他們前方的路又在何方呢？

痛悔過去是為了將來做得更好。

——《古經》

第七章
洩密

貓迪爾在新的皇上寶座上往後一靠，嘶啞地笑了幾聲。他的士兵剛抓到一個陌生的遊客。搜身時，他們發現了一枚銀徽章。那徽章上刻著「P」字，周圍由一些熱帶花的圖案環抱著。沒有哪個官員認為這徽章值得注意，只有當貓迪爾看到徽章的圖案時，冒出個想法來。這「P」會不會是代表考利亞國王派佛羅呢？因為「派」的拼音首字母就是「P」。

當囚犯被帶到皇上寶座的下面時，在場的始祖鳥一陣議論。連最講究舉止的文官此時也抻著脖子想看個究竟。

這隻鳥長著藍色眼皮，黑色的頸背，面部和胸部則是成熟香蕉的黃顏色。他很健壯，渾身長滿了肌肉。他的喙長得荒唐可笑，這不僅僅是因為它看上去很重，其長度跟整個身體一樣長，而且還因為它的根部是綠色的，逐漸往前過渡為黃色，其尖部是洋紅色的。「難道那喙上塗了什

麼顏色？」有隻鳥咕噥著。

「那是什麼鳥？」貓迪爾問。

「陛下，」一個文官走向前，拿出一條繩子，量了量其長度，然後看了看《鳥類大全》答道：「這是巨嘴鳥。」

貓迪爾爪裡握著銀徽章，巨嘴鳥馬上注意到了，他那藍邊的眼睛一直盯著它。

「你從何而來？」貓迪爾輕聲地問道。

「無名處。」巨嘴鳥答道。他就是考利亞王國的奧真。

「胡說！」貓迪爾在寶座上往前探著身。「到底從哪裡來的？也許是個島，對不對？」

巨嘴鳥想了想，然後點了下頭。

「說出它的名字。」

巨嘴鳥不作聲。

「說！」貓迪爾命令道。「今天要講的很多。比如你家鄉的島，寶石，寶劍，還有那個傳說。」

「我不說。」巨嘴鳥沉默了好一陣子才說了這句話，他那濃重的口音震盪著空氣。

貓迪爾慢慢地搖著頭，就好像在跟一個頑童講話似的。「恐怕，」他說，話音裡幾乎帶點傷感，「你會把你所知道的全盤講出來的。」

等到風聲和他的同伴找到了一個安全的地方落下來過夜時，福來多問：「既然我們已經過了河，你們下一步的計畫是什麼呢?你們要去哪兒?」他落在一棵仙人掌的背風處，身上的鈴鐺在月光下閃著銀光。

正在篝火上烤著山毛櫸堅果的胃哥抬起頭說：「我只能回到蒼鷺那裡去了，他們現在就是我的部落了嘛。」他「喫嚓」一聲砸開了一個堅果，把果仁往嘴裡一彈，然後無精打采地吞了下去。

翼哥剛才還在寫著日記。

這時，他小心地合上了日記，把它放到了一個大兜子裡，然後憂傷地看著遠方，在豎琴上撥動了幾下琴弦說：「我拿不準。我們去哪呢？風聲，你怎麼打算的？我們是不是應該在河的這岸找一找反抗組織呢？也許我們還能加入他們的隊伍，給他們增加一些力量。」

風聲看著篝火中的火焰，好像能從中找到答案似的。「但願……」

「但願什麼？」胃哥說。「但願不能當飯吃。」

「哎，別那麼說。」翼哥探著身，望著風聲。「你在想什麼呢？」

「但願我們能為找到漁翁所說的那個英雄做點事。」風聲說。「我們這麼

需要他，還要等多久呢？」

翼哥聳了聳肩說：「可我們能做什麼呢？」

篝火中的炭呈橘黃和朱紅色，而火焰卻閃動著明亮的純黃色。這顏色讓風聲想起了什麼，一樣他在始祖鳥皇上的爪裡見到過的東西。對了，一顆發光的黃寶石，是翠鳥部落的琥珀寶石。

「去找麗桑寶石。」他若有所思地說。「漁翁說不少鳥相信這些寶石上有一些線索，這些線索能指向英雄劍所在之處。」

「得了。」胃哥諷刺地說。「那些都是胡編的有關一把神秘寶劍的線索。那有什麼用？」

「別輕易打消這個念頭。」福來多思索著說。「我從各地民謠中都聽到了這件事，甚至連我們天雷山的鷹族部落也有一顆寶石。這是真的。寶石上有些奇怪的文字，我想像是用古禽語寫的。」

「翠鳥部落的琥珀寶石上也有字。」風聲回憶著說。「我看見一個文官把上面的文字描了下來。」他邊想邊用爪子比劃著，然後在地上畫出幾個字來。

「好像是這樣幾個字。」

大家都低頭瞧著他畫的字。

「這線索看上去倒像是一隻鳥刨地找蟲子留下的溝痕。」胃哥感到好玩就評論道。

「不是，不是。別胡扯！」翼哥興奮地說。「風聲，是不是像這樣？」他在風聲畫的文字上擦掉幾筆，然後又重畫了幾筆。

風聲把改正過來的字看了好一會兒，然後連連點頭說：「是的，是的，是這樣。你怎麼知道的呢？」

翼哥回答時聲音有點顫顫巍巍的。「我父親是個學者。在始祖鳥來打我們部落之前，他教過我一種像這樣的書面語。正像福來多所說的那樣，這叫古禽語。現在所有鳥語都是從這種語言衍生出來的，這種語言過去是各種鳥類學者的共同使用語，學起來較難。這幾個字的意思是：『鳥的眼睛能看出你的願望』。」

翼哥沉默了一下，很多往事又在他的腦海裡閃過。接著，他一口氣說下去：「當始祖鳥打我們部落時，我剛剛掌握了古禽語。他們要了解這種語言，父親至死沒有告訴他們。他們殺了我的母親和妹妹。我要跟他們一塊兒死，可一隻始祖鳥看我會彈豎琴，就抓我為奴，逼著我活下去。」翼哥潤了下嗓子，思緒又回到了現實中。「我很高興，我學的古禽語現在派上用場了。」

同伴們都坐在那兒，盯著風聲和翼哥在地上寫的字。他們真的是指向寶劍所在之處的線索嗎？

「即使這是個線索，也沒大用處。」胃哥終於開口了。「風聲，你確定就是那樣的嗎？我是說，那寶石你只瞥了一眼。」

「我——我想我是確定的。」風聲帶著疑惑說。忽然，他又想起了另外一件事。「有個信使說——他告訴皇上一個叫格格骨的將軍飛越海洋，要給他送來另外一顆寶石，是紅色的。他正護送那顆寶石，說要穿過這片沙漠。」

「沙漠？」福來多抬起頭，提高嗓門說道。「從沙漠進入始祖鳥領域都要經過我們剛飛過的這條河。」

他們四個彼此望了望。

「我想去找格格骨。」風聲說。「如果我能找到他——如果我能得到那顆寶石，也許我們會了解更多有關英雄寶劍的事。翼哥，你能教我古禽語嗎？自從我當奴隸以來，我從來沒有機會學習。我知道學習這個將來會有用的。」

「沒問題！」翼哥欣然地說。「我一路上會教你的。也許等我們遇到任何線索時，你已經能認了。」

「有沒有另外一個線索還難說呢。」胃哥懷疑地說。他聳了聳肩，接著說：「這個書面語讓我感到頭疼。這玩意兒是腦袋能裝東西的鳥感興趣的，而不是一般的鳥能記的。耍耍棒子，這才是我的生活。」

「但是如果你學了古禽語，你就不會被欺騙的。」翼哥反駁道。他轉身看著鷹。

「我會與你們一起走的。」福來多說。「你們需要我，因為我熟悉沙漠戈壁灘。我們一起去尋找。」

三隻鳥都轉向了胃哥，他向他們皺了皺眉。

「我根本不相信這些。」他抱怨地說。「什麼語言了，線索了！什麼傳說啦，故事啦！我們最好做點實用的事。可是……唉，我去。不管怎麼說，我們得跟始祖鳥鬥。我想去探尋，因為我應該去受這個苦。」

「應該受這個苦？」翼哥問。他沒有注意到風聲在對著他搖頭，也沒有注意到胃哥臉上所帶的恥辱的表情。

「你這話是什麼意思？」風聲輕聲地問。「我們多多少少都是始祖鳥的受害者。怎麼就你應該比我們受更多的苦？」

胃哥沒吭聲。「你不必回答，」風聲說，「如果你不願意告訴我們……」

「不。」胃哥歎了口氣說。「我想告訴你們，可我擔心……」他拿起了他的棒子，撫摸著光滑的棒柄說：「你們知道三兄弟幫吧？就是烏鴉、鶺哥和渡鴉組成的聯盟？我們起來反抗始祖鳥，到頭來我們的領土還是被始祖鳥佔了。當時我們有兩個選擇：要麼逃到荒涼的地方，要麼投降。我們當中一些鳥跟始祖鳥做了一個交易：為了換取生命和有限的自由，我們得在始祖鳥部隊裡服役。我……在餓了將近一個星期以後，離開了我們倖存的部落成員，去服役了，就是為了能填飽肚子。我出賣了對本族的忠誠，為的是種子、蚯蚓、草莓

和果仁。我的差事只是跟著始祖鳥，給他們扛扛東西。我想這也無害。可我錯了。」

胃哥停下來，深吸了口氣。「我怎麼能原諒我這個糊塗蟲呢？」他哽咽道。「我第一次跟著始祖鳥去打仗是襲擊一個小燕子村莊。他們逼迫小燕子講出寶石所藏之處，可那些小燕子寧死不說呀，他們頑強地抵抗著。然而，他們根本沒有希望，一點希望也沒有。我從來沒有見過那麼恐怖的場面！」

胃哥看了看風聲。風聲的面部倒是沒有什麼表情，但他那雙明亮的眼睛卻叫胃哥有點害怕。那雙深陷的眼睛黑得像黑櫻桃浸到墨水中了似的；那一動不動的眼神看起來好像在尋找什麼秘密，或者他也許只是在認真地聽呢。「我像個傻子，從一片烏雲中飛過，之前以為雲是奶油，可當從雲的另一端出來時全身都濕了。所以現在我掛著這個草莓項鍊墜。」胃哥指了指他脖子上草繩項鍊上掛著的一塊原色紅木塊。「我不再為食物折腰了，因為我有個草莓在這兒提示我。但……我做的錯事還在。我不知道你們能否原諒我。如果你們願意讓我加入你們的行列，我就跟你們走，但是現在你們既然知道了我的過去……」胃哥水汪汪的大眼睛裡充滿絕望。「如果你們叫我離開，我就離開。」

「你幹嘛離開呢？」翼哥溫和地說。「我們都面臨過艱難的選擇，而且我們都做過錯事。」

「翼哥說得對。」福來多說。「過去就讓它過去了。」

他們轉過身看風聲，風聲把爪子輕輕地放在了胃哥的爪子上。

「我沒有真正的家或部落，但是我們在一起已有好幾個星期了，我感到你和我們親如兄弟呀。」風聲真誠地說。

福來多帶路開始穿越沙漠。他們知道格格骨正往東北部的城堡莊飛，所以他們稍稍調整了方向，往偏北的方向飛。他們巡視著下面乾旱的峽谷，掃視著那一片片無葉的灌木叢，尋找著始祖鳥的蹤影。偶爾一兩隻布穀鳥或小貓頭鷹告訴他們看見了始祖鳥，他們知道離始祖鳥不遠了。每當夜晚宿營的時候，翼哥就藉著月光在沙子上寫些字，教風聲古禽語。

到了第四天，當他們再次飛越阿瑪麗河的時候——這次是在河的北部，那

兒是條靜靜的小溪——他們終於看見了始祖鳥。當時，他們四個正在山腳下行進，突然翼哥叫了一聲，其他的鳥都抬起頭看，只見四隻始祖鳥，三隻穿著淺棕黃色的軍服，最後一隻穿著灰色軍服。他們剛剛飛過山頂，烈日照在他們的背上。

風聲和他的朋友們追著飛上了山頂，從那兒往下望，看見始祖鳥正往森林岔地飛去。風捲起了那隻始祖鳥灰色的斗篷，他們看見了他背著一個小包。

「格格骨！」翼哥喊道。

那隻鳥猛地轉過頭，罵道：「你竟敢打擾始祖鳥。你這個藝鳥乞丐！」

「給我們那個包，我們就不打你。」胃哥說。

「哈哈，你想的真美！」另三隻始祖鳥舉著長矛圍了上來。

風聲與格格骨面面相覷，格格骨眨了眨眼，大聲喊：「你！『013無類鳥』，告示上的通緝犯！」

「哪有這一說。」風聲應道。

這始祖鳥向風聲拋去了一把刀子。正在這時，始祖鳥背包裡的寶石射出一道耀眼的紅光。

「不好，寶石！」格格骨尖叫著。

等紅光消失後，刀子落地碎了，始祖鳥背上的包也掉到了刀子旁邊。格格骨和士兵嚇得逃離了溪谷。

翼哥拾起了那個皮製的包。

胃哥忙伸出了爪子，把它打開。

風聲看見包裡有個紅色的東西在閃光。

翼哥小心地把寶石拿了起來，在爪上轉動著。在寶石的一側淺淺地刻著一行字。啄木鳥用翅膀上的羽毛輕輕擦拭著寶石的表面。

「哦，這就是線索！」風聲興奮地說。

福來多仰起頭向始祖鳥消失的山頂處望了望。

「我們也許應該以後再看這線索是什麼意思吧。」福來多凝望著天空說。

「我想——」

這時，其他鳥也都聽見了空中傳來的群鳥振翅聲。

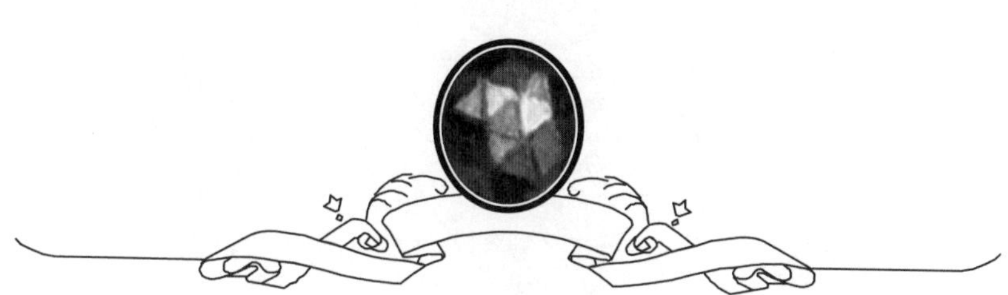

始祖鳥天下無敵！

——《邪經》

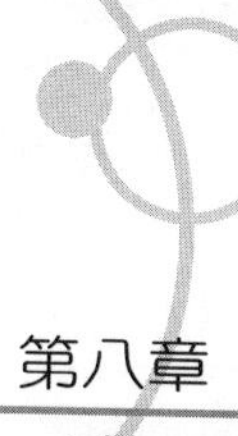

第八章

隨風而散

風聲他們彼此交換一下驚恐的眼神。

「快逃！」風聲喊道。

「來不及了。」福來多焦急地說。「聽，他們大概有上百隻。」

「他們從哪裡來的呢？」翼哥低聲問。

胃哥聳了聳肩，把棒子在兩隻爪裡來回傳著。「誰知道呢？他們也許遇到了接應他們的部隊。現在想他們從何而來，還不如去想想如何應戰。」

「我們需要分散他們的注意力。」風聲猛地喊道。

一大群全副武裝的始祖鳥從山頂俯衝下來。他們爪中的劍寒光閃閃，隊伍中褐紅色的戰旗像血染的飄帶隨風擺動。他們個個齜著牙齒，掩在皮帽底下的那一雙雙眼睛閃著凶光。

格格骨衝在最前面。「他們就在那兒！抓住他們！」

風聲他們隱約地聽到始祖鳥在喊。

「翼哥，拿好寶石快飛！」風聲喊著。「快！我們不能讓新皇上拿到那寶石。我們不能讓他了解到任何有關英雄劍的事！福來多，你跟翼哥一塊兒飛！」

福來多和啄木鳥一起，擇路撤了。胃哥拔出棍子和風聲肩並肩地抵擋著。

風聲一次又一次地用劍抵擋住那伸向他眼睛和心臟的魔爪。他知道他和胃哥也堅持不了幾分鐘了。可是，就這幾分鐘也許就能使翼哥和福來多逃離成功。

一隻大始祖鳥從隊伍後面衝出來，用彎刀把風聲和胃哥分開了。緊接著，一群始祖鳥湧上來把風聲和胃哥完全隔開了。這些士兵都狂笑起來。

驚慌中，風聲認出了那隻大始祖鳥。「那個大個兒傢伙是卡瓦卡。不好，胃哥呢？」他焦急地想。哪也看不見胃哥了。他展開翅膀奮力衝向鶺哥剛才所在的地方。剎那間，他的視線模糊了，眼前湧來潮水般的始祖鳥。風聲揮劍抗擊，那一排排始祖鳥的臉剛退下去，即刻又湧上來。

風聲的劍輪到了卡瓦卡的頭盔上，「噹」的一聲，他的爪子被震麻了，身

體也隨之彈起了一些。

卡瓦卡罵著命令道：「那個傢伙——別殺了他！要捉活的！」突然，風聲的後脖梗挨了一棒子，他墜落下去。正當他試著再往上飛時，背部和胸部又挨彎刀砍了。

突然，天昏地暗，一切都搖搖欲墜，眼前冒起金星，翅膀也開始顫抖，他向地面墜落下去。等他甦醒時才發現自己倒在了草地上，周圍的草黏滿了他的血。透過層層烏雲般翅膀的空隙，他凝望著一小塊天空，那天空灰得讓你絕望。

始祖鳥沒有殺風聲，而是把他綁上，矇上了眼睛，由士兵拖著，飛向了城堡莊。

「我們把他帶來了。」一隻始祖鳥叫道。終於，風聲的面罩被拿了下來。他在一間屋裡。只見一隻在那兒踱著步的始祖鳥停下來，轉過身。他是文官長老。

他的眼裡冒著怒火。「它在哪兒？」他逼問道。他的長袖子一會兒向左、一會兒向右地揮動著。

風聲顯出很鎮定的樣子。「這話是什麼意思？」他感到頭太沉了，身體有些支撐不住了。

這文官一把揪住風聲後脖頸上的羽毛。「它在哪兒？」始祖鳥叫道。「它在哪兒？包裡的那顆寶石！你讓同伴帶著它飛走了，是不是？他們飛到哪去了？別在那兒裝蒜！」

「你得不到的！」風聲的視線開始變得模糊起來。

「說出來！說出來！」

「不！」風聲氣喘吁吁地說。

這時一隻小始祖鳥溜了進來，在文官長老的耳朵邊嘀咕了幾句，文官的氣好像消了不少。

他抖了抖袍子，說：「祖翼要親自審你！」

翼哥和福來多擠在一顆歪脖子樹的洞裡，等待始祖鳥追兵的聲音全消失再出來。這些帶齒的鳥剛剛來過這邊，用長矛刺過他們藏身的樹洞，福來多的一根羽毛被捅掉了。幸虧士兵沒有發現他們，就離開了。

「風聲和胃哥他們怎麼樣了？」翼哥抓著包，把寶石貼在胸前。

「但願他們都好。」福來多輕聲地說。他知道他們沒有什麼希望了，但他不願意承認這點。「風聲和胃哥現在不是死了，就是成了囚犯。」他想到這兒說：「我們首先必須把寶石藏到安全的地方。風聲和胃哥也一定會希望我們這麼做的。」

「安全的地方？」翼哥低聲嘀咕著。「我們上哪兒能找到一個安全的地方啊？蕾雅醫生怎麼樣？她能幫助我們嗎？」

福來多搖搖頭說：「我們不能讓她冒這個險。始祖鳥看樣子非常想得到這顆寶石，他們會在附近到處搜查的。倘若蕾雅被抓到，他們發現她藏了這顆寶石……」

翼哥打了個顫慄，說：「那挖個洞把它埋了怎樣？或者乾脆把它藏在樹洞裡？」

「你知道這年月多亂啊，過後我們也許找不到它了。」

「那藏到哪兒呢？」

「我不知道。」福來多沮喪地垂下了羽毛。「我……我想不出一個地方來。如今始祖鳥到處都是。本來我想把你們帶到一個安全的地方，可我連這個都沒做到。也許沒有希望了，我們真的無能為力了。」

翼哥緊緊地握著紅寶石，透過自己淚水，他吃驚地看到眼前這隻走南闖北、經驗豐富的金鷹看上去那麼的絕望。他意識到這次應該是他，而不是福來多來鼓勁了。

「我們不能就這麼甘休了。」他大聲說。

福來多看著遠方。儘管他個頭很大，儘管他長著巨爪和利喙，他看上去卻很脆弱。

「這只是開始，」翼哥執著地說，「我們還有要做的事。這顆寶石，我們需要帶著它飛越海洋，把它帶回它的故鄉。」翼哥對自己能做出這個決定而感到吃驚，他彷彿感到與福來多一樣強壯了，與胃哥一樣魯莽，與風聲一樣勇敢了。

「瞧，這寶石的線索。」他轉動著發光的寶石說。「『你最愛的東西就是鑰匙』。」

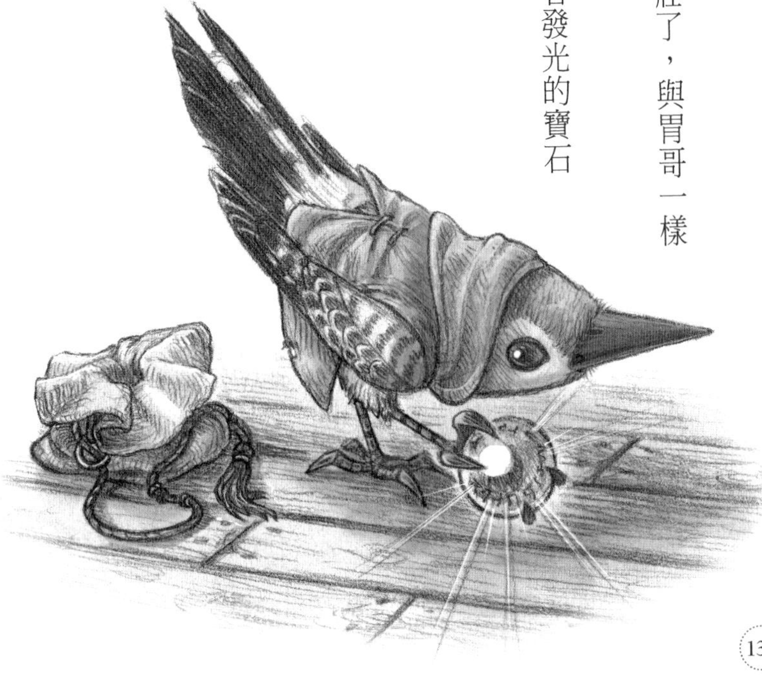

冷酷是治理天下之本。

——《邪經》

第九章

黑暗中的光明

士兵們拖著風聲穿過走廊，然後就把他推進了一個狹窄的小密室。在密室的陰暗角落有一隻巨嘴鳥倒在一個籠子裡。風聲被強迫蹲伏在地上，然後士兵離開了。屋裡靜悄悄的。風聲慢慢抬起頭，看見了貓迪爾。貓迪爾就讓他看著，慢條斯理地把身上的斗篷解開，接著又去吃爪中那個又熟又大的石榴。

那顆鑲嵌在金環上的瑪瑙像一塊明亮的黑色冰，在這隻灰鳥的喙上閃著光，但最讓風聲注意的是他的左翅膀。

它根本不是鳥的翅膀。左肩膀以上的羽毛和皮膚看起來並沒有什麼異常，但是往下卻接著一個瘦骨嶙峋的翅膀，這個翅膀就是包在骨上的一層淡灰色的肉膜，上面沒有羽毛，伸展開來像個巨大的扇子。翅膀的弧形處有一隻三趾爪子。此時，貓迪爾正在伸縮著那個爪子。他看見風聲現出吃驚的神色，齜著牙笑了。

「看上去不悅目，是不是？」他微笑著問。「但……它很好使。」

「他怎麼長了這麼一隻翅膀？」風聲想。「他能飛嗎？」

貓迪爾舉起又放下了那隻怪異的翅膀，像是玩膩了似的，又把它折合在背上了。

「我想你受了不少苦。」他一邊說，一邊若有所思地看著風聲。風聲聽到他的語氣裡帶著同情，覺得很奇怪。

「我從朝廷官員那裡聽說你當面頂撞漢格利亞斯，我挺喜歡這個；他就該遭到更多鳥的反抗。可他要在火上烤你，是不是？那個老混蛋！那一定是很可怕的事……可我知道痛是什麼滋味。傑出的鳥會化悲痛為力量的，我的導師是這麼教導我的。你是否也能那樣做？」

貓迪爾合上了沉重的眼皮，歎了口氣。一瞬間，風聲覺得這個看上去很疲乏的始祖鳥皇上還是很孤獨的，但是這個印象很快便消失了。

貓迪爾猛地又用他左翅膀上的爪子撕開了另一個石榴，弄得紅汁液四濺，石榴籽像紅寶石一樣滾落到了他的腳下。「弱鳥沒權活著。懦弱、無知、愚昧、自私的鳥——我當皇上就是要剷除他們的邪惡，但是我需要一個武器來完成這個使命，我快要找到它了。但我想你也許知道有關的事。既然你對那顆寶石那麼感興趣，你或許能幫助我。」

「水路……鳥生活在水路附近……」冑哥喘著粗氣，沿著穿過城堡莊的河流，在雨中拼命地往前飛。

他想停止胡思亂想，去集中精力搜尋兩岸樹上鳥的蹤影。血順著胸部往下淌，融入了雨水中。他的草莓狀項鍊的墜前後悠盪著。他必須再飛得快一點……再快一點……始祖鳥把風聲帶到了城堡莊，但是冑哥清楚單靠他自己的力量是無法戰勝他們的，他需要幫助。

突然，他瞥見下面南岸的樹林裡有紅藍色在閃動。「嗨！」他頂著河水聲嘶啞地喊著。「救救我！」

過度勞累的翅膀開始陣陣作痛，他咳出了嗆進的雨水，但是當他飛近一看，發現他們正是以反抗始祖鳥著稱的金剛鸚鵡時，他感到渾身上下放鬆了許多。「救命，救救我！」他氣喘吁吁地喊。「我和我的朋友在沙漠一帶被始祖鳥襲擊了，我逃了出來，但是——」他落到了樹枝上，眼裡湧出的淚水模糊他的視線。他使勁眨了眨眼說：「求求你們，能不能幫我去找找他？也許他還活著……」他還想說下去可腿站不住了，癱在了樹枝上，翅膀也耷拉在了兩側。

兩隻金剛鸚鵡彼此嘀咕了幾句，然後上前去攙扶他。「朋友，請幫助找找他。」他央求道。但他太虛弱了，任憑他們把他帶到林子裡的一個空地。在一顆樹下的避雨處生著一小堆火，火的周圍擺了一圈石頭。這個避雨處是由密密的樹枝和藤條盤結而成的。他們把他放在了避雨處的附近。

一隻醫鳥走了過來，遞給他一杯熱湯藥。「我叫凱麗。」她說。「朋友，你為何遠道而來？」

胃哥這時精力恢復了一點，於是他把英雄的傳說、蒼鷺的琥珀寶石、格格骨和紅寶石以及不久前的那場戰鬥都跟她和其他金剛鸚鵡講了。

「……不知怎的，只聽見『噹、噹、噹』一連三聲，風聲就沒影了。」他說。

「我不顧一切地殺回去找他，卻被一個士兵用帶刺的晨星球砸中，隨後墜落到兩大岩石的縫隙中，我一下子暈了過去，像蠟燭被撲滅了似的。感謝天神，那個縫隙太狹窄，他們根本飛不進來！我一定看上去像是死了。我猜他們用最長的武器來刺我，勾出我胸上的幾根羽毛作為戰利品……」胃哥聲音變小了。「所有這一切不過是為了一顆寶石罷了！」

「為寶石是值得的。」凱麗嚴肅地說。

胃哥知道他欠金剛鸚鵡的情，但聽了這話他火還是上來了。「值我朋友的生命？」他反問道。

凱麗沒有直接回答。「你剛才提到過蒼鷺他們的黃寶石上有字。」她說。「你認為紅寶石上大概也有字。」

鵜哥點點頭。

「其實，」她繼續說道，「我們也有一顆寶石，這顆寶石是我們部落最珍貴的寶物，上面有個線索。」

「線索！英雄！我不關心！倒是那些寶石本身卻挺可愛的，但是我把生命看得比傳說更重。」說到這兒，胃哥表情顯得十分憂傷。「我的年輕夥伴風聲比我們對寶石更關注。現在他是死是活我都不知道。」

「可是即使你不相信寶石的傳說，你還是阻止了他們，沒讓紅寶石被奪走。」凱麗堅持說。「從這點上看我們要感謝你。我們要派鳥去找你的朋友，盡全力幫助你！不過，現在你必須好好休息。」

福來多表情十分凝重，好像在聽翼哥那句話的回音似的——「你最愛的東西就是鑰匙。」

「愛。」他自言自語道，緊張地抖了下羽毛。沉默了一會兒，他又重複道：「愛。」他看了看翼哥，激動地說：「我想這些寶石上的字不僅僅是幫助

英雄找到寶石的線索，而且是一些至理名言。如果不是因為愛，我就不至於從前跟家庭很融和，而現在不融和了；如果不是因為愛，我就不會身佩珠子、鈴鐺，當一隻歌舞藝鳥了……」

「你跟我們說你是孤兒，家在天雷山……但是這不是事實。」翼哥說。

福來多伸出一隻爪，摸了摸麗桑寶石說：「沒錯，我不是孤兒，但我沒有家了。從前我是王子；這事很蹊蹺，是不是？我是鷹族首領摩根的兒子。我和弟弟福來思被父王寵困在山中，不准外出。外面的始祖鳥看我們鷹族強大，就沒有來騷擾我們。他們到處擴張領地，而到了我們的山腳下就停止了。

「你知道孩子的天性；那時侯我對什麼都感到好奇。我見過始祖鳥，但我知道山外有更多的事，有更多種類的鳥。作為部落首領的長子，我必須什麼都要出色：勇敢、健壯、熟悉家族的歷史事件和以往的戰役、懂軍事策略、劍術高強、飛行技術超群。父王不允許我對山外的事想入非非。」

「你的家族成員很愛你。」翼哥說。

「是的，我也愛他們。可是，有一天，從遠方的森林裡飛來了一隻麻雀，

她跟我講了很多外面世界不幸、可怕的事……於是，我變了。她也是個樂師，她吹蘆笛。」

翼哥很理解地說：「從那時起你就愛上了音樂。」

「沒錯！音樂是溫暖心靈的東西。等周圍沒有別的鳥的時候，我就偷偷來到山谷裡唱歌。鷹是不唱歌的——很少唱——迷戀音樂被認為是有損王子尊嚴的，但從那時起我的心就像長了草似的，開始迷戀起唱歌了。我的劍術學得很好，長距離飛行也掌握了很多技能，但是當我聽老師講到這隻那隻已故鳥如何保衛家園、建設家園的歷史事蹟時，我不禁在想：當然這些很重要，但它們都已成為了過去。為什麼不關心一下那些在山外的森林和平原上的受苦受難的鳥呢？

「再者，弟弟福來思樣樣都比我守規矩。他近乎完美——完全可以這麼說——而且我覺得如果我走了，誰也不會想我的，因為他比我更擅長統帥。

「於是，在一天晚上，等下了歷史課，我就偷偷飛下山了。飛了不遠就發現了一堆篝火。一些窮困的鳥兒圍在那兒！他們拉我跟他們坐在一起，拿給我麵包和甲蟲吃。這些怎麼能跟家裡餐桌上擺滿的河貝、魚和松子相比呢？但這些是他們僅有的，而且他們很願意拿出來與我一起分享。我告訴他們我要唱支歌來感謝他們。天哪！你猜怎麼著，翼哥，這些窮兄弟聽了我的歌高興得像進入了另一個世界似的，他們的眼神裡不再有憂愁和顧慮了。當我離開他們時，他們看上去更堅強了。等我回到家，我驚呆了。父王與家族的許多長老衝到我面前。他對我心在山下的事懷疑已久，所以在我下山時，他就派一隻鳥盯梢。那隻鳥把我在山下所做的事一一向父王稟報了。

「父王惱羞成怒。『我們對你寄託了這麼大的希望。』他說。『你太叫我失望了！』他告訴我那是我能待在家裡的最後一天。『你難道就那麼關心別的鳥嗎？難道你把他們放在比你自己部落還重要的位置？像一隻乞丐鳥，到世界各地流浪賣唱！這太失你的身分了。走吧，到窮鬼中去吧，拿你的尊嚴就飯吃吧！你不再是我的兒子了。我只有福來思。滾！』」

「就這樣，我被家族拋棄了，我與家脫離了關係。我對家族的愛與我對音樂的愛以及我對其他鳥的愛發生了衝突。我——我至今還不明白他們為什麼認

為唱歌很低賤……如今的歲月是黑暗的，然而音樂的魅力永遠沒有改變。音樂」——福來多神采奕奕——「是偉大的。劍乃至文字能攪亂這個世界或者給這個世界的鳥帶來創傷，但是音樂的力量能醫治心靈的創傷，給世界帶來生機、希望和歡樂。」

福來多把頭轉向了別處。「我想我們來到這個世界是為了過幸福生活。財富、地位——這些都是身外之物，你不能把它們帶到墳墓中去。那些把物質生活看作高於一切的家族傳統觀念能禁錮我們的思想。我很高興我能從這些傳統的思想中解放出來，雲遊四方，給所有的鳥帶去我的歌聲。」

翼哥很有共鳴地聽著。

「我並不對我的決定感到遺憾……」福來多低聲說。他拿出一塊亞麻布小心翼翼地把紅寶石包上了，放在了他的背囊中。「但是……我很想家，我真的很想家……」

「現在風聲、胃哥都走了，你是我家庭中最親密的一員了，翼哥。」他站了起來，身體在顫慄。「飛越大海！這個想法本身就足以使我暈海了。金鷹生來就不是跨海飛行的；魚鷹才是。」他向翼哥使了個眼神說：「誰能想到一隻啄木鳥也要飛越大海呢？但是」——福來多輕聲笑了笑——「天也該翻個個兒了。如果我們想在日落前到達海邊，我們得馬上出發了。」

兩隻鳥萬分小心地飛出了樹洞。翼哥飛起來又回頭望了望，風聲和胃哥萬一能出現該多好哇。

「不好，福來多！」他尖叫道。「快，始祖鳥！他們還在搜尋我們！」

高尚能展現在一個微小的瞬間。

——《古經》

第十章

新的轉機

在城堡裡，兩隻鳥對視著：一隻是始祖鳥，一隻是無類鳥；一隻斜靠在鯨鬚寶座上；另一隻蹲伏在地上；一隻在等著對方的答話，另一隻卻默不作聲地待在那兒。

「不。」風聲終於回答了。貓迪爾那個怪異的左翅膀，不知怎的，讓他聯想到了陰魂。「我不會幫助你的。」

風聲眼裡射出的目光讓貓迪爾感到一陣眩暈。也就在此時，貓迪爾的腦子裡閃現出鴿子愛琳的形象。「為何我以前沒有注意到這個？」他思忖著，喙裡反出了一股令他作嘔的味道。

這時，一個士兵慌忙走進來，爪裡拿著一撮黑色羽毛，向貓迪爾行個禮，貓迪爾連頭都沒有抬。

風聲看見士兵爪裡的羽毛卻大吃一驚。他熟悉那泛著紫色光澤的羽毛。那不是胃哥的羽毛嗎？

「好吧，那你就去西天見你的朋友吧。」也沒理那個士兵，貓迪爾從寶座上跳下來，掄起他那魔法翅膀，向風聲的脖子抽去，翅膀上的爪尖掐入了風聲的皮裡。

「在貓迪爾面前我絕不哭叫求饒。」風聲忍著劇痛這樣想著。

「你的眼睛會爛瞎的。」貓迪爾的爪子抓得更緊了。「我翅膀的魔力將會燒爛你的眼睛。你這該死的雜種，你這類鳥總要來毀掉我的計畫。」說著，他把風聲拋向士兵那邊。「我不殺你，怕你這低鳥玷污了我的爪。不過你別美，你還得在痛苦中去死。」

在一旁籠子裡的巨嘴鳥鐵匠奧真一直圓睜著他那被打腫的藍皮眼睛看著這一切。他感到這隻白鳥能勇敢地面對貓迪爾，實在了不起。他自己就受盡了折磨。他們拷打他，把他的腳倒掛起來，往他的臉上潑辣椒水。昨晚，他們強迫他喝迷魂藥，剛開始他緊閉著嘴不喝，可到後來，他們撬開他的喙把藥水灌進了嗓子，他睡著了。他哪裡知道睡覺時，他糊里糊塗地說出了考利亞，說出了派佛羅，說出了寶劍。他意識到自己洩了不少秘密，因為當他醒來時，貓迪爾朝他詭秘地一笑，用諷刺的口吻感謝了他所洩的密。倘若貓迪爾真的拿到了寶劍，那就不得了了！

不過，當奧真看到風聲以後，他沉重的心情輕鬆了許多。

那天晚上，雨停了，西天火紅一片。風聲被帶到一個圓木旁，士兵用鎖鍊和鐐銬把他鎖在了圓木頭上。緊接著，又過來一些士兵，拖著那隻步履蹣跚的巨嘴鳥。這時，風聲看東西都很模糊，他沒有看見老鐵匠奧真那緊閉的眼睛，以及他那幾乎被打成兩半的臉上所留下的血淋淋的傷疤。士兵們也用鐵鍊和鐐銬把巨嘴鳥扣在了圓木頭上，緊挨著風聲。奧真一點也沒反抗，他那巨大的嘴耷拉在一邊兒。貓迪爾一動不動地站在那兒，盯著士兵把圓木頭抬起來，扔進河裡。

圓木頭順水慢慢地漂流下去，兩隻囚犯誰也沒說話。不久，他們的羽毛全濕了。然而，等始祖鳥剛一離開了他們的視線，老鐵匠就動了起來，他開始咬風聲那生銹的鐐銬。每當圓木頭搖晃轉動時，他倆當中的一個就會浸到水中，

因此就得屏住呼吸。儘管這樣，巨嘴鳥一直沒有停止咬風聲的鐐銬。

「你為什麼來咬我的鐐銬，而不去咬你自己的？」風聲嗆著水，對著眼前這隻巨嘴鳥黑藍模糊的影子說。

「你必須獲得自由。你一定要活下去。」

這時，河中心出現了一些尖石，它們立在河裡像刀一樣劈著河水。每當木頭撞到了石頭上，他們都猛地跟著打著轉兒。很快，河流變得十分湍急。風聲感到河水好像把他的思緒全沖沒了。突然，前方傳來了吼叫的聲音。他想這不像是戰場上的聲音，而是瀑布聲。

「趁還來得及，趕快咬開你自己的鎖鍊！」風聲大聲喊。

巨嘴鳥搖了搖頭喊道：「別管我，我的死活不重要。貓迪爾要寶劍，就是我的家鄉考利亞島的那把……」說到這兒，他的眼神暗了下來，那眼神充滿了自責。接著，他粗聲粗氣地說：「他們強迫我喝了迷魂藥，我把秘密說了，也不知道說了多少……但是你——從你的目光中我感到，你能阻止他。」

瀑布的聲音越來越近了。

「不！再給我幾秒，再給我幾秒……」說著，奧真把鐐銬磨出一道印，但是環與環還是扣得緊緊的。絕望中，他丟下鐐銬，開始用喙尖兒砸它。

木頭往前衝著，一股氣流向他們噴過來。瀑布下面傳來了可怕的喧囂聲。

「去阻止貓迪爾！」奧真聲嘶力竭地喊了一聲，然後他向後仰起他那蒼老卻還有力的脖子，就像以往在鐵砧上打鐵似的，使出他生命中全部的也是最後的一點力氣，把喙砸到了風聲的鐐銬上。只是這一次，他不是在打鐵，而是在打造希望。

翼哥把坎肩上的黑帽子往紅頭上拉了拉。

「他們還沒有注意到我們。」福來多嚴肅地說。他把身上的鈴鐺摘了下來，用一塊苔蘚包起來，放到了背包中。他們繞過了沙漠的邊緣，飛向了森林營地區。

下面乾燥、多石的大地慢慢變綠了。他們瞥見前方有一條河。等他們飛過那條河以後，下面的已是蕨草搖動、綠樹成蔭的山谷了。再往前是一座岩石陡峭的山脈。福來多往高處飛了飛，並叫翼哥趴在他的背上。就在這時，從後面傳來了一陣尖叫聲。他們意識到始祖鳥又發現了他們，但福來多看上去卻十分鎮定。

他飛到了岩石山脈的上空，展平了他的翅膀，好讓翼尖上的羽毛都分散開。他藉著一股熱氣流，盤旋著升上了高空。下面的始祖鳥拼命地扇動著翅膀，但是他們那彎曲的翅膀不像福來多的那樣能擎住風，而且他們的尾巴也很沉重，長距離滑行他們明顯遜色，所以他們氣得「嗷嗷」直叫。眼見始祖鳥射向他們的箭，沒射到就落下去時，福來多開心地笑了。此時，翼哥被萬里無雲、空曠無邊的高空的美給驚呆了。在這裡，除了他們倆以外，他們唯一的旅伴就是太陽。

越往高處風越猛。他們選擇一股強風，讓它推著他們向海的方向飛去。他們飛呀飛，追趕著太陽。這金黃色的球子看見被追趕，氣紅了臉，往下沉得更快了。

當夜幕降臨的時候，翼哥和福來多看見一片什麼東西沿著地平線閃著光。

在他們的頭頂，天空透過一層一層的雲朵紅得透紫。不一會兒，他們飛進了白色的海灘邊緣。下面的海水洶湧地翻滾著，掀起了層層巨浪。他們倆的影子投向了海面，卻被大浪砸成了稀疏的浪花。

當太陽最終沉入大海時，星星已閃爍起來。

他們連續飛行要花上五天五夜才能到達彼岸。

當到達彼岸時，他們會為白頭山的神秘而感到驚歎。

當到達彼岸時，他們會為水荊部落正在等待著他們而感到驚訝。

當到達彼岸時，他們更會為鶇鳥所說的話而感到驚異。

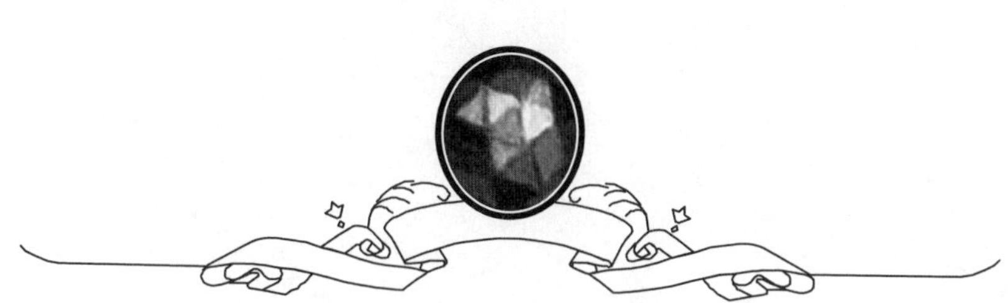

親情最難割斷。

——《古經》

第十一章

綠寶石、紫寶石

風聲的大腦在胡思亂想。想像中，他看見了沉重眼皮下那帶著苦衷卻很得意的眼神，看見了一張熟悉的臉在向他點頭，看見了真誠卻又狡黠的笑容。

忽然，他產生了一種寒風刺骨的感覺。他又看見了陰魂等在那兒，身後的石壁上點了不少蠟燭，火苗在跳動。陰魂承諾給他的東西，是不是給了貓迪爾？貓迪爾提到的導師是不是指陰魂？當沒有誰理解和關心貓迪爾時，是不是陰魂裝得善良，抓住了貓迪爾的心？

風聲慢慢地睜開了眼睛，坐了起來。他的視力變得更壞了。看來貓迪爾那古怪翅膀的魔力在起作用。「巨嘴鳥……鐵匠……我要感謝他；是他砸開了我的鐐銬——」

他看見一個模糊的黑影，那影子在說話：「那隻可憐的巨嘴鳥死了。我不知道福來多和翼哥在哪兒。風聲，他們對你都做了些什麼？」

「讓我幫助他……那個新祖翼，不是漢格利亞斯。他相信那個英雄的傳說，他知道寶劍的事。」突然，風聲感到一陣頭痛，他停了一下，接著說：「那個傳說的確是真的。那隻巨嘴鳥就是考利亞王國的鐵匠……」可是他又想：「他死了，是他救了我的命。」想到這兒，他眼淚湧了出來，使他的視線更模糊了。

「什麼？貓迪爾要去找那把寶劍？」一個新的聲音加入了，那聲音裡帶著恐慌。風聲朝著那個亮紅色的影子看了看。

「那是凱麗。」那隻黑鳥在他耳邊低聲說。

風聲使勁地眨著眼睛。「是胃哥嗎？他們說——我以為你不在了！你是怎麼找到我的？」

「我也以為你去天國了。」胃哥站在風聲的床邊說。「可我找到了鸚鵡，他們幫助找你。我們在岸上的草地裡發現了你。那隻巨嘴鳥掉進大瀑布下面的旋渦裡了。」

然而，凱麗聽到貓迪爾有這樣的野心，很憤怒。「死了？有貓迪爾在的話，我們誰也活不了多久！他怎麼能還活著。我萬萬沒想到貓迪爾竟然知道寶劍的事！」凱麗的聲音明顯蓋過了周圍知了的鳴叫。「他是否還找到了剩下的麗桑寶石？」

「翠鳥部落的黃色寶石。」胃哥回憶著說。「他一定有那顆。至於紅寶石，我們沒讓他弄去。除此之外，我想他再沒有剩下的寶石了。」

風聲很感興趣地問：「剩下的麗桑寶石?你是什麼意思?」

「我原以為你知道，你一定知道。」凱麗的眼睛睜得圓圓的。「不對——那是發生在兩年前的事了。有一顆寶石，比其他寶石更著名，因為那顆寶石上的文字並不是個謎。那顆寶石是鴿子部落的，上面的古禽文字說的是英雄日。你該聽說過了吧，英雄日是在明年春天。」

風聲認真地聽著。「我母親就是鴿子。」他想。

「那個部落的鳥幾乎全被貓迪爾和他的士兵殺了；那顆寶石不知怎的不見了；貓迪爾還把王子費喪弄丟了，為此漢格利亞斯懲罰了他。」

「你覺得那是不是貓迪爾恨我的緣故呢?」風聲問。

一時間，誰也不知道該怎麼回答。

凱麗繼續說：「我們知道過去始祖鳥要麗桑寶石只是因為漢格利亞斯喜歡美麗的寶石。現在我懷疑貓迪爾知道英雄寶劍的事。如果是這樣的話，鳥類可要遭殃了。他會不顧一切地去尋找寶劍，加上他有龐大的軍隊，他會勢不可擋的。」凱麗歎了口氣。「至少我們的綠寶石現在還很安全。」

凱麗爪上舉著什麼東西，其他的鳥都圍過來看。風聲因為視力還很模糊，不得不瞇著眼睛看。讓他吃驚的是，他能看清了，他看見她舉著一顆寶石。在寶石中，有兩個鳥的影子在無邊無際的空間飛著——這也許是幻覺。他眨了眨眼睛，他的視力果真奇蹟般地恢復了。

「『和平能打開大門』。」風聲一邊用一隻爪照著寶石上的字比劃著，一邊興奮地讀著。

「我們鸚鵡都感到很焦慮。」凱麗說。「我們經歷了很多，目睹了不少暴行。在始祖鳥之前，是四翼恐龍困擾我們。這種日子何時是個盡頭啊！我們的寶石有一些神力，當受傷的鳥走近它時，傷就能痊癒。」

「看來貓迪爾給我眼睛施了邪魔法，使我看不清東西了，是寶石使我重新恢復了視力。」風聲想，心裡充滿敬畏。

「……但是我們每天有成千上萬隻鳥受到傷害，單憑一顆寶石怎能治得過來？『和平能打開大門。』不管它是什麼意思，我在想，和平何時才能到來呢？」

大家都不說話了。胃哥突然抱怨地說：「我不相信這個，而且這些線索有什麼用呢？誰懂它們的意思呢？」

風聲沒有答胃哥的問題，只是說：「遲早我還要重新開始的。我不知道翼哥和福來多現在在哪兒……可你還跟我一起去嗎，胃哥？」

「當然去了。我們可以再回到漁翁的蒼鷺寨子去。」

「不，我們不去那兒。」風聲的聲音很低。「我們必須去找更多的寶石。」

「什麼？」胃哥嚷道。「天哪，什麼傳說了，故事了，信這些鬼話只能給我們帶來更多的麻煩。我所關心的就是我們的現在以及我們的未來。如果這些特殊的寶石能像藤上的一串葡萄那樣，都長在了一起，一摘全到了爪中，那我

們還可以去找，但它們根本不是那樣！」他用他的棒子敲著地說。「你怎麼才能找到別的寶石？讓我猜猜，你無非像乞丐鳥一樣到處流浪，整天讓始祖鳥跟著後屁股追，是不是？難道你瘋了？」

又是一陣沉默。風聲抬頭凝視著胃哥那明亮的棕黃色的眼睛，胃哥趕忙把頭轉向別處。風聲又低頭去看那顆綠寶石，他在寶石上看見自己反射上去的影像：渾身上下多處掉了羽毛，剩下的舊羽毛不是髒就是被燒焦了，新長出的羽毛又分布不均；頭上有很多腫包；身上還有疥癬；眼睛充著血。是的，他看上去完全像個瘋子。

他想起了福來多，想起了那隻金鷹提到的事。他抬起頭，念叨著：「天雷山……」

曾經能把岩石擊成粉末的鷹族首領摩根，現在已經臥床不起了。

許多鳥猜測摩根的病與日理萬機和擔心始祖鳥兵臨城下有關。儘管叫來了各種太醫，連眼睛和舌頭都檢查到了，儘管服了各種藥，什麼蒲公英茶，鮮草藥，乾草藥，長茸毛的草藥，帶辛辣味的草藥等等等等，不管吃什麼藥，不管怎麼調養，他的病情還是不見好轉。

只有福來思知道他父王的病根——想他的大兒子。

摩根自從趕走了固執任性的大兒子後總想忘了他，可是自責一直像蛀蟲一樣啃著他的心。

「他們稱這些山為天雷山，實在是妙啊！」胃哥讚歎道。風聲、胃哥在凱麗醫生那兒休息了幾個星期以後，便出發來到了福來多的故鄉。

他們倆往前飛著，迎面隱約顯現出的是一座座山峰，個個山頂都像戴著用一縷縷紫煙編成的皇冠，蕨草和紫羅蘭長滿了山坡，山上的松樹枝連著枝擎天而立。

當他們來到山麓時，從高處岩石上飛下來一隻鷹，喊道：「你們是誰？如果你們想去山那邊的苔原地帶，就順著那條小溪飛，它會帶你穿過山脈的；若不是這個目的，陌生遊客禁止來這兒。」

「我們不是過路的。」風聲明確地說。「我們是來見鷹族國王摩根的。」

「倘若你們是始祖鳥帝國派來的，我們的首領向你們問好，但他現在另有國事，不能會見你們。」這隻鷹有點不耐煩地說。

「不，我們是代表福來多來的，他是天雷山部落的鷹。」風聲答道。

「我們不認識他。」這隻鷹落到一顆死樹上，把重心在左右爪上來回移動著，弄得樹枝直搖。胃哥迷惑不解地看了看風聲。

站崗的鷹轉身發出了幾聲尖叫。隨之，另一隻鷹出現了。這隻鷹個頭更大，看上去很面熟。他也落到那個死樹杈上，用一雙銳利的眼睛掃視著這兩個遊客。

這隻鷹正是福來思。他忍著心痛，一字一板地說：「這兒沒有叫福來多的。」

「那就怪了！」胃哥叫道。「我們與他相識、相知，與他一起並肩作戰！」

福來思又搖了搖頭說：「你們所說的鳥不存在。」

風聲很吃驚，於是試探著說：「不管我們的朋友叫什麼，我們在一起唱了很多的歌。我想他要讓我們給你們捎件禮物，就像他給他周圍所有鳥的禮物一樣。」

福來思的心加快了跳動，他強作矜持，好讓喜悅的淚水不從他那棕黃色的大眼睛中湧出來。

「這禮物是成千上萬的鳥都喜歡的，甚至是一些鳥為之獻身的。」風聲低聲說。胃哥擔心地瞧了風聲一眼。風聲笑了笑，接著說：「它比最好的鑽石還明亮，它比鋼鐵還持久。它是如此的寶貴，沒有誰敢給它定個價。它是世界上最珍貴的東西！」說著，他把爪放在胸口上，然後又伸出來，爪裡像握著什麼東西似的。他慢慢地把爪趾打開。

「愛。」他對著空空的爪心微笑著。

「他還愛我們！噢，福來多，我的哥哥！」福來思說著，臉上驟然現出了又悲又喜的表情，他的矜持不見了。風聲發現自己望著的那雙善良的眼睛跟福來多的完全相同。

「快，請跟我來。快把我哥哥的事都講給我聽。我有好幾個季節沒有見到他了。」福來思把他們帶到了最高峰——劍山。

鷹族國王摩根看到福來思有說有笑地把一隻鶺哥和一隻奇怪的白鳥帶到他面前，很吃驚。當他聽了這兩隻鳥與福來多、始祖鳥和寶石之間的傳奇故事後，更是驚訝。他坐直了身子，心裡的疙瘩好像解開了似的。

這是老摩根今天第一次開口說話。「是啊，的確我們也有一顆寶石，和他們金剛鸚鵡的、鶺鳥的、蒼鷺的一樣。我們的是紫色的，與我們群山的

顏色差不多。」他揮了揮爪，福來思便拿出一個小盒子來。王子把它打開，裡面的寶石看上去好像是尊貴的化身。

「看這兒。」摩根繼續說，爪在寶石上的一行字上比劃著。「是古禽語。」

「『看著對方的眼睛去選擇你的路』。」風聲認真地讀著。

「對，是這個意思！」摩根看到風聲懂古禽語很高興，也很驚歎。「但是它到底指的是什麼，我也不知道，但有一事我知道。」摩根閉上眼睛，然後又睜開了，看著風聲說：「世道也許該變了。你跟我講災難，講戰爭，講黑暗，講兇暴。過去，我錯了：我只在一旁觀看，沒做任何事情；我阻止孩子出山，不讓他們去面對這些危險。如果英雄劍的傳說是真的，如果新皇上貓迪爾把寶劍奪了去……」他看了看福來思。「我做了很多讓自己後悔的事，這些事我原以為是為大家好。我希望我還能為鳥類做些什麼。」他點了點頭說：「是的，該讓世界知道我們鷹族的準則是什麼了。我們熱愛家庭，我們彼此愛護。無疑，那些受苦受難的鳥也是我們大家庭的成員！」

「是啊！」福來思高興地笑了。

「風聲、胃哥，」鷹王說，「我衷心祝願你們成功。貓迪爾一定要被阻止。我倒是知道一件事，也許對你們有幫助，在地球的最南邊，還有麗桑寶石。」

福來思轉向胃哥說：「父王身體還沒有恢復，所以我去幫助你們。我要到山上去召集軍隊，咱們在寒冷的海洋一帶會合。」他點了點金色的頭。「一言為定。」

於是，福來思召集軍隊去了，風聲、胃哥也出發了。他們向地球上最孤寂、最寒冷的地方飛去。

鷹王的身體狀況日漸好轉。不久，有鳥看見他獨自飛到劍山上最高的一棵松樹上。他凝望著星空，深吸了口氣。

「福來多……」他對著風喊，那蒼老的聲音斷斷續續。

「福來多，父親想你啊……」

生者哪裡知道
死者是如何掙扎著要返回陽世的。
——《邪經》

第十二章

最後的交易

陰魂用乾巴巴的爪子抓起一根炭在牆上畫著度日的記號，然後他默默地數著上面的日子。「不！」炭從他爪裡滑落下去。

對於陰魂來說，時間是用月來計算的。自從和貓迪爾第一次會面以後，貓迪爾每月底來他這兒喝一種藥水，來補充陰魂給他的那個神奇翅膀的能量。每次見面，陰魂都會竭盡全力地奉承、安慰貓迪爾，指導他如何去尋找英雄寶劍。陰魂需要更多的時間來確保他完全贏得貓迪爾的信任。「當初我要是對『013無類鳥』更加小心謹慎的話該有多好啊！那隻鳥那麼憨厚，也許是更好的目標。」他想。他後悔自己幹的蠢事，尤其是當他從貓迪爾那兒聽說「013無類鳥」也在找寶石時，他更加後悔當初未能說服他。

陰魂把爪攥成了拳頭。假如他有心臟的話，那心臟一

定像一條黏糊糊要死的蛆一樣在他的胸腔裡蠕動著。「就剩一個星期了，就剩一個星期了！」還有一周就到了那個可能把他毀滅的日子：英雄到來的日子。「我一定要活，要活，要活……！」陰魂在屋裡大步地踱來踱去，四下尋摸著。他從高高的書架上抓下來幾本書，然後又狂叫一聲，把書甩到了一邊。現在書是救不了他了，但是貓迪爾能。

「他若是同意吞下我的精髓那該多好啊！」陰魂自言自語道，他的聲音變得越來越尖，語速越來越快。「他要是吞下去，那該多好啊！貓迪爾，貓迪爾！哦，狡猾的、邪惡的、詭計多端的貓迪爾！一旦我進入你的身體，你的靈魂就會慢慢地死去，你這隻可惡的鳥……但我需要你。救命的鳥、傻子，快來吧！來吧！是的，他必須救我，他會的！」陰魂的聲音像雷聲一樣隆隆地響著。

緊接著，傳來一陣回音，陰魂嚇得像一隻在老鷹影子當中的小麻雀，僵硬地站在那兒一聲不吭了。他那駝背的身體在旁邊的書架上投上了彎曲的影子。回音又來了，越來越大，越來越急迫：

「呱！呱！呱！」

「他來了，他來了。」他咕噥著，樣子很莊重。他併攏了前肢，慢慢地在那兒搓著雙爪，為他最後的交易——一個最終的詭計，最卑鄙的謊言做著準備。

他合上了長滿皺紋的眼皮。渡鴉信使飛過來帶著一股風，撩起了他的斗篷，他卻直挺挺地站在那兒。等聽到什麼東西掉到了地毯上，他才緩緩地轉過身來。

「你好，貓迪爾。」

貓迪爾從地毯上爬起來說：「導師，通常翅膀的魔水能維持一個月的飛行。為什麼這次剛過四天我就得來這兒呢？」

「你一定是操勞過度了，貓迪爾，又要尋劍，又要統治你的帝國。唉，一定是勞累過度讓藥水失效了……但是你這麼辛苦，是否找到了一些線索呢？」陰魂把前翼上的爪子縮進了斗篷裡，傾著頭。

「當然！」貓迪爾答得很乾脆。「一是從寶石上得到的線索；二是從您這兒得到的有關英雄日的線索；再有，我從一隻巨嘴鳥那兒得到了更多的線索。」說到這兒，他的臉上露出了狡猾、得意的神態。

「但是所有的線索你都找到了嗎？」

貓迪爾的眼睛忽地暗了下來。「我有比寶石更好的東西——我知道考利亞島在哪兒。」他傾著身說：「給我翅膀魔水，我必須前往考利亞，這個旅程將充滿艱辛。」

陰魂拾起一個鳥頭骨，裡面盛著銀灰色的魔水。貓迪爾「嗖」地把藥水接過來，就像是搶過來似的。他低

下頭，伸出硬撅撅的、長著斑點的舌頭，使勁地舔吸著魔水。

「那麼說，你沒弄全嘍？」陰魂衝到貓迪爾跟前，貓迪爾驚得停下來不喝了。「你沒有找到有關寶劍的所有線索。」陰魂搖了搖頭說。「弄不到所有的線索，那你打算怎麼辦呢？貓迪爾。離拿到寶劍的目標這麼近了，你知道，這麼近了，要是有個閃失的話，一切都完了，遺憾哪，遺憾！」

貓迪爾喝完了魔水說：「您是不是在說我是個剛出蛋、頭上還頂個半個蛋殼的傻鳥？我的智慧足以對付那些沒找到的線索！」他陰險地笑了，眼睛眯成了三角形。

「你聰明，年輕的皇上，但是你想冒拿不到寶劍的風險嗎？」

貓迪爾翻了翻充血的眼睛，望著陰魂說：「當然不想冒這個險了。」他話說得很慢。「不過，我還能做什麼呢？」

「是時候了！我不久就會回到陽世間來了！」陰魂想。「貓迪爾，你還記得嗎？你還記得我們第一次會面，我給你翅膀時說還要給你更好的東西嗎？」他問。

「記得！」

「那你認為翅膀怎麼樣？難道不好嗎？要給你的新的東西遠遠會超過翅膀，你要不要？」

「要。告訴我是什麼，導師。」貓迪爾渴望地說。

陰魂把頭轉到一邊，以便讓陰影遮住他的臉。他從桌子上拿了一個盤子。「他必須接受這個！他會的！」他張開了喙，唾液在上下牙之間拉著閃亮的黏涎。他翻著白眼，開始用力地咳嗽起來，脖子上的血管都繃起來了，他發出的鼻音在屋裡迴盪著。

最後，他乾咳了一聲，從喙裡慢慢地吐出了些什麼東西，滴落到他爪裡的盤子上。

然後，陰魂用袖子指了指喙，轉向貓迪爾。此時的貓迪爾已嚇得面無血色。

「喝了這個！盡情地喝吧！」他把盤子拿到了貓迪爾的喙下。

貓迪爾感到喉嚨在緊縮。一股爛肉的惡臭味撲鼻而來，令他作嘔，所以他不敢張開喙。他盯著盤子裡的東西：那一大堆微微冒著熱氣的東西是肝臟色的——暗絳紫色，裡面還混雜著灰色的東西。那到底是什麼啊？

他幾乎難以擺脫那種噁心的感覺。「這是什麼？它有什麼用？」

「貓迪爾——噢，貓迪爾，如果你吞了它，」——陰魂的聲音開始變高了——「你的翅膀就不需要魔水了！我向你保證，永遠不需要了！」

「真的嗎？」那倒有用。貓迪爾的喙往黏東西那兒湊了湊。

「是的，如果你喝了它，你一定能拿到寶劍。我向你保證，你一定能成為英雄！」陰魂的聲音已經掩飾不住他瘋狂的情緒了。

貓迪爾很興奮。陰魂也帶著同樣的熱情看著貓迪爾接過盤子，用爪子撥一下，就好像要把這紫色的糊狀物往喙裡摟似的。可突然他停了下來，陰魂的笑容也隨之收斂了。

「你還沒有告訴我這是什麼東西呢。」貓迪爾說。他的眼睛一亮，好像認識到了什麼。

陰魂看著，心裡一陣抽搐。他想喊出：「別停！」

「這世界上沒有什麼東西是免費的。」貓迪爾小聲說著。「為什麼你——」

「我要幫助你，指導你，我親愛的弟子！」陰魂裝腔作勢地說。「給你機會，看你成長！如果你喝了它，我將與你在一起，在你的身體裡。我有技能！」

貓迪爾開始移動爪子，要把盤子放下去。

「不，貓迪爾——噢，你不知道，沒有我，你選對不了方向的，你會掉進陷阱裡的。你根本拿不到寶劍！」

「我不需要你像吸血蟲那樣吸在我的身體裡。你想要與我分享勝利果實嗎？我自己能成為英雄的，我已經證明了這一點。你知道什麼？我能得到寶劍，我會的！」貓迪爾把盤子扔到一邊子去了，盤子撞到牆上都碎了。陰魂衝了過去，去取精髓。他跑過去的樣子卻讓貓迪爾感到熟悉。陰魂被腰帶子拌了一下，斗篷被掀開了，露出了一條木樁腿，另一隻腿像隻翅膀。看到這一幕，貓迪爾「啊」地驚叫一聲。

貓迪爾眼前閃現出一幕幕的場景——攻打鴿子部落，王子爪裡握著寶石，怪物突然竄了出來，還有更多的場景，一幕接一幕，直到視線模糊了，大腦中還是揮不去那個四翼恐龍的側身像。「你！你是那個帶翅膀的怪物！」貓迪爾的吼叫充滿了恐怖和仇恨。他幾乎又能聽到老皇上宣判他為罪犯以及長刀劈砍、骨頭斷裂、鮮血噴湧、翅膀落地的聲音。他幾乎又能感到那一刻的劇痛。

陰魂爬了起來，像瘋鳥一樣，頭不停地轉來轉去。「不，我不是！求求你！」他嗥叫著。「貓迪爾，求你了！」他蜷縮在貓迪爾的腳下，爪子緊緊握著貓迪爾的腿。他哭哭啼啼，一個接一個地磕著頭。他前翼的爪子裡高高舉著那惡臭的膠狀精髓，乞求著。

「滾開！」貓迪爾踢了陰魂一腳。

「不，貓迪爾……我給了你翅膀……我給了你力量！」

「如果不是因為你，我就不會被貶職，被判罪，我就不會被砍掉翅膀，我就不會被放逐！我所有的麻煩全是由你引起的。我理應得到這個翅膀。你什麼也沒給我！我不欠你任何東西！」貓迪爾叫渡鴉把他帶走。

「你在說什麼呢？像我這樣的鳥外面有的是……你肯定把我誤認為另一個傢伙了！別，別離開我……你不能走……」陰魂上氣不接下氣地乞求著。他淚流滿面，仰望著貓迪爾，這回他真的在落淚。

渡鴉信使扇動著翅膀，在貓迪爾的上空盤旋著。貓迪爾跳了起來，抓住了渡鴉的爪子，他們倆開始往上飛。陰魂在腰帶裡亂摸著，突然，拔出了一把能把精神與肉體分開的魔刀。他嘴裡咕噥著什麼，「嗖」地飛到了空中，去砍貓迪爾。只見一些羽毛被砍落下來。等到他最後要用刀割貓迪爾的脖子時，他猶豫了。「他是我最後的希望……」

就在那猶豫的瞬間，渡鴉和貓迪爾飛出了陰魂的囚牢。陰魂的刀子掉到了地上。陰魂竭盡全力地往上飛，一直飛到了頂棚，他瘋狂地敲著牆壁——砰，砰，砰！他的臉因為痛苦而變了形，他在尖叫。他的眼睛露出了絕望的目光，那光亮得特別厲害。他伸出一個彎曲的前翼，指著貓迪爾的影子。

「你的翅膀根本維持不到過海！你明天就得回來！你會的！」

一切都準備好了。食品裝好了，士兵全部整裝待發，線索研究了一遍又一遍——可為什麼我還緊張呢？只剩下六天了，一百四十四個小時……飛越大海要花去多少小時呢？那神奇的翅膀已經開始抽搐。千刀萬剮的陰魂……但是我用不著飛！昨晚從陰魂那兒回來我就命令工匠做輛了天車。可為什麼我還緊張？貓迪爾在睡夢中呻吟著。他蹬掉了床單。這絲綢床單太黏，簡直令他窒息。在他靠墊後面的空檔處，放著他的一件件皮革盔甲，旁邊還有一把劍。

外面，太陽慢慢地升上了地平線，深黃色的，像陰魂的眼睛。

「你明天會回來的！你會的！」

山谷裡颳起了一陣陰風。那由卵黃色、棕黃色和土黃色組成的帶著牙齒形狀飛邊的始祖鳥帝國國旗，在城堡上迎風飄著。國旗正中那始祖鳥翅膀的圖案在抖動著，看上去像是溺水鳥撲騰著的翅膀。風向低處颳來，捲起了貓迪爾臥房的窗簾。

一道陽光乘隙射進了屋裡。

光線射到了貓迪爾熟睡的臉上，他半張著喙，裡面的牙齒反著白光。我是

否回去呢？我是否需要陰魂的幫助呢？窗簾又擋上了，光線隨之不見了，但貓迪爾開始顫抖起來，他的呼吸越發急促。不，我不需要……我不需要！我自己行，就我自己。那是不是渡鴉信使呢？回去吧——我不跟你去了！今天我不去見陰魂！滾吧，陰魂。遠遠的！遠遠的！遠遠的！等我拿到英雄寶劍，我就不再需要魔水了。他的爪子在繡花的絲綢床單上不由自主地抽搐著，看上去像蛾子亂飛似的；突然，他的爪趾把床單抓成了一團。

貓迪爾霍地坐了起來，雙眼腫得像鳥蛋似的。他用爪子抓著他那張得大大的喙。

「噢喲，噢喲，噢喲……！」

這可怕的叫聲傳遍了整個城堡，劃破了清晨的靜寂。始祖鳥軍隊三百多隻鳥幾乎同時被尖叫聲驚醒而坐了起來。

貓迪爾牙疼了。

他往左邊滾，痛在左邊，他往右邊滾，右邊也好不到哪去。他嗚咽著、尖叫著、咒罵著，他左右開弓扇自己的嘴巴子，拔自己臉上的羽毛，甚至仰面朝天，腳在空中亂踹。終於當他靠著城堡牆倒立時，他感到疼痛暫時緩解了。他喘著粗氣，自言自語道：「是陰魂在作祟！」

「來呀，叫宮廷牙醫來！」

牙醫趕到了，貓迪爾指著那顆作痛的牙，命令他立刻拔掉。

「現在不行啊，陛下，牙裡正在發炎！」牙醫戰戰兢兢地說。「現在只能服藥，但是不知是否管用——」

「廢話。把藥拿來！」

喝了一匙藥以後，貓迪爾飛出了臥房，去看看天車做得進展如何。在後院，幾隻渾身黏滿鋸屑的木匠鳥正在組裝那輛天車。它看上去像個風箏，架子是由竹子做的，上面罩著結實的帆布。天車中間有一個凹進去的地方，貓迪爾將坐在那兒駕駛。

「陛下，我們已經抓來了十二隻健壯的鵜奴來拉這架天車。」

「趕快把他們套在車上！今晚我們就出發！」他喊。「陰魂，你鬼不過我！」貓迪爾邊想邊喝了些鎮痛藥。「我將是英雄！」

生活中許多有害的東西看上去很美，
就像毒蘑菇一樣。
——《古經》

第十三章

金銀洞

一塊巨大的掛毯平鋪在地上，上面盤旋著鶇鳥。掛毯上有個陰陽圖案，看上去像兩個巨大的蝌蚪頭尾相連繞著圈在一起游泳，蝌蚪周圍排列著整齊的線條。這一幕很神秘。

「我就知道你們要來的。」一隻老鶇鳥爪裡拿著閃光的紅色麗桑寶石，平靜地說。「一些鳥說我有占卜的天賦。每當我飛到白頭山上，待在神秘的霧裡，我就能看見現在、過去和未來的一些場景……這些場景與陰陽八卦一起能告訴我一些秘密。」他搖動著爪裡楓樹枝做的占卜棍說：「我看見你們兩個飛越了大海，所以今天來迎接你們。我們非常感謝你們。你們的家鄉在山林地區，然而你們卻冒著生命的危險，不畏旅途的艱難，飛越大海，把這顆寶石送還給我們，這種獻身精神現在實在不多了。如果你們不是英雄，那誰還是呢？」

「先生。」福來多鞠了個躬說。「我們只是感到我們應該這樣做：一隻鳥應該具備這樣的品行。」

「如果您能預見未來……」翼哥剛開口就停住了，因為他意識到大家都在聽著，接著他又壯著膽說下去：「我想知道您是否能預見一隻鶴哥，他長得很強壯，爪裡拿根長棍，脖子上戴了一條木製草莓墜的項鍊……或者也許」——翼哥跟福來多交換一下眼神——「您能否預見一隻像鴿子似的白鳥？」

老鶇鳥把占卜棍投到下面的掛毯上，大家都靜靜地看著。他在陰陽圖案上飛了一圈又一圈，好像永遠不能停止似的。他的楓葉頭飾被風吹得沙沙響。「往南邊飛，」他神秘地說，好像沒注意到翼哥的問題似的。「往南邊飛，那裡冰山浮動、暴風席捲。在英雄日之前，你們必須到達那兒。危險就要來臨了，就在那海上，齒鳥在橫行。在海上找到一股氣流，它會帶著你們前行的。越快越好，不然就來不及了。」

風聲、胃哥飛行了大半天，下午終於通過了最南邊的陸地——喙角，進入了大海的上空。面海中零星地分布著岩礁和珊瑚礁。在風聲、胃哥看來它們如同散落的星星。

「你想阻止貓迪爾去拿寶劍，但是你說說，有多少像他那樣的鳥想成為英雄？」胃哥突然說。看到下面如此廣闊的海洋，他不禁打了個寒顫。「你怎麼能都阻止得了？」

「我要做我能做到的事，這總比看著壞鳥作惡而無動於衷要好。如果我們先這麼做了，別的鳥也可能去阻止其他鳥做惡事。」

在他們的上方，巨大的雲朵看上去像白色的天雷山，只不過是懸在空中罷了。風聲凝望著這些雲，好像在夢境中一樣。「這樣的話，有一天世界會和平的。」

「但那太難、太難了。」胃哥懷疑地說。「自己成為英雄要比四處漂泊去阻止壞鳥作惡容易些。」

「我希望你將來有一天成為英雄。」風聲說。

烏雲壓了過來，風聲、胃哥四處張望，想找個地方休息一下。忽然，前方

的雲移開了幾朵，露出了一塊無雲的天空。在那兒，他們看見一幢大樹樓閣，旁邊有清泉流過。

「哇！那裡的鳥一定很富啊！」胃哥驚歎著，調整了方向，奮力扇動著翅膀，朝那個樓閣飛去。「我恨不得馬上飛到那兒！」

「可那看上去像是海市蜃樓，胃哥。」風聲帶著疑惑說。的確，等他們快要飛近時，樓閣便消失了。他們感到越來越疲勞，所以飛得更慢了。此時，天空已變成了暗綠色。

風聲看見遠處有隻小海鷗，便向他喊道：「這兒哪有大一點的島，我們可以在上面休息一下？」

小海鷗飛過來跟他們打了招呼說：「我的部落就在離這兒不遠的一個島上。」他爪裡拿個魚叉。

兩隻鳥高興地跟著小海鷗往前飛，但是風太猛了，他們想加速，可狂風阻擋著他們，使他們感到不但沒有前進，反而後退著。下面的海翻滾著，他們能聽到浪濤洶湧、泡沫四濺的聲音。然而，更可怕的是，他們往下看海卻什麼也看不清。頭上的烏雲下著傾盆大雨，像是又把另一個海洋傾瀉下來。

「現在是暴風雨的季節。」小海鷗頂著狂風解釋道。「要當心啊！」

「我想我們頂風也飛不了多久了。」胃哥叫道。

「看那兒！」風聲喊道，指著下面一個島上的黑點兒。「那像一個洞！」

「沒錯！」小海鷗瞇著眼睛看著那個模糊的小黑影說。「我以前從遠處看見過那個洞，但從來沒有進去過。不管怎麼說，這會兒，進那裡總比在外面淋著雨要強！」

「快！」胃哥叫著。等落到了洞裡，他們全都筋疲力盡，渾身濕透了。洞裡又潮濕又溫暖，空氣中還混雜著淡淡的金屬味和乾海草味。他們為避風都往洞裡擠。

在三隻鳥當中，胃哥最不喜歡水，所以他擠得最歡。但他突然停了下來，脊背上感到一陣刺痛。莫非是敵鳥趁他們不備，拿刀子來殺他們？他嚇得渾身僵硬，全身的血都變涼了，變得比結冰的海水還涼。

胃哥心砰砰直跳，轉身揚起棒子。

「不許動！」他對著黑處喊。

風聲劃了根火柴。跳動的圓形光圈照到了「敵鳥」上。

胃哥頓時瞠目結舌，扔掉棒子，癱在了地上。風聲和小海鷗也吃驚地看著。「敵鳥」原來是一隻快樂小鳥的黃金塑像。那小鳥微笑著，爪上拿著銀花，每朵花的花心都鑲嵌著寶石。那劍狀物其實是花束中的一片長葉子。

他們彼此望了望，發現對方都很緊張，好像要戰鬥似的。這時，胃哥樂了。「只不過是尊小雕像而已！」他傻笑道，揉了揉背上撞疼的地方。「噢，我的天哪！就這麼個小鳥雕像把我們嚇成了這個樣子。」

這時，小海鷗說：「瞧那邊！」風聲又劃了根火柴。

只見在塑像後面，有一堆一堆的金幣、銀條，一串一串的珍珠，各式各樣的紅寶石、藍寶石和翡翠項鍊，各種鑽石、蛋白石和琥珀戒指，還有式樣繁多的玉、綠松石和水晶爪鐲。在火柴光下，它們泛著微弱的光。

特別引起他們注意的是一顆深藍寶石。這顆多面體的寶石閃著光，很奪目。風聲跳了過去，把寶石拾了起來，轉動一看，發現上面有字。

「天哪！這神聖的寶石是從我們部落偷來的！」站在風聲後面的小海鷗尖叫道。「真想不到在這兒！」

他們默默地看著寶石。「又是一顆帶線索的寶石。」風聲想。他剛要讀上面的字，火柴卻燃盡了，洞裡的光線隨之暗了下來。那是他的最後一根火柴。

「放寶石的座也在這兒，但都碎了，散落了一地！」小海鷗拾起幾塊珊瑚，往一塊拼著。風聲和胃哥也過來幫著尋找。風聲往一個方向找，胃哥和小海鷗朝另一個方向找。突然，胃哥瞥見一樣發光的東西，那是一塊紅水晶，刻成了草莓形狀。胃哥拿起了水晶草莓，與自己脖子

上掛的木製草莓比了又比，發現這兩個草莓狀的東西如此相似，驚訝得眼睛都瞪圓了。當然，戴水晶項鍊墜要比戴易損壞的木製墜好多了。「這是你們部落的嗎？」他問小海鷗，小海鷗搖了搖頭。

「等天氣好了，明天我們就到你們部落去還這顆寶石。」在另一邊的風聲說道。

小海鷗點了點頭。此時，寶石座已經拼好了，寶石就放在上面。「但是我的天哪！」他嘀咕著，身體在顫抖。他拖著帶蹼的腳慢慢向洞口走去，想遠離這一大堆財寶。「想想吧，我們將和這些財寶在一起過夜。」

胃哥的眼睛反射著財寶的光芒。他自言自語道：「這是銀子！那是金子！瞧，還有各式各樣的首飾！簡直夠用一輩子。」他又想起了那個水晶草莓。

「這些都是不義之財呀。」風聲說。

「可不，是海盜的贓物。」小海鷗贊同說。

「胃哥，別碰它們。」風聲提醒道。「如果我們拿了任何屬於別的鳥的東西，一旦我們遇到這些鳥，他們就會把我們當成強盜的！」

「哦。」胃哥含糊不清地應答著。儘管他不得不隨大家，離贓物遠一點，可他還是念念不忘那個水晶草莓。

那天晚上，因為風暴一直沒有減弱，他們就在洞裡過夜了。等其他兩隻鳥睡著了以後，胃哥睜開了眼睛，盯著那些財寶，盡情地欣賞起它們發出的光芒來。「明天早上我把棒子留在洞裡，假裝忘記拿了。」他想。「然後，藉口取棒我就能單獨回洞了。」折騰了一陣子，好不容易睡著了，他夢見了那尊爪持銀花的小金鳥像在跳舞。她轉了一圈又一圈，並隨著珠寶、金幣的叮噹聲吟唱著：「瞧一瞧，看一看，這裡財寶金燦燦。拿走我，拿走它，終身錢財任你花……」

第二天早上天放晴了，晴得好像把昨天的烏雲全都洗淨了似的。胃哥整個早晨都不大說話。三隻鳥簡單地吃了點早餐，便離開海盜洞，向群島中最大的島嶼——小海鷗的部落飛去。

風聲一心想著海鳥部落寶石的事，所以胃哥輕易地避開了他的注意，跟在他們倆的後面。過了一會兒，他便對小海鷗說：「不好！我把棒子落在洞裡了，得回去取。大概用扇動幾下翅膀的功夫就能回來，所以別告訴風聲，免得

他為我擔心。」

小海鷗沒覺得有什麼異常，見自己部落的島已出現在了地平線上，就點了點頭，沒再說別的。胃哥藉機溜了。

離洞口越來越近了，胃哥的翅膀也扇得越來越起勁了。進洞以後，他先把放在小鳥金像下的棒子拾了起來，然後往裡走。不多時，他就找到了那個水晶草莓項鍊墜，並欣喜地把它握在了爪中。多像真的草莓啊！他喜歡得口水都要流出來了。等他剛要摘下他的項鍊，想用水晶草莓墜替掉那個死氣沉沉的木頭墜時，他想起了風聲——如果他回去戴著水晶項鍊墜，風聲肯定會注意到而問他的。即使把它藏在背包中，風聲早晚會看見的。

昨天和風聲的對話又在耳邊迴盪。直覺告訴他，你知道這是不對的，胃哥。木頭草莓怎麼了？別忘了你戴著它，不過是為了記住過去。

「我不需要這個。」胃哥堅定地說。他用力把水晶墜拋掉了。他不能受到誘惑。水晶墜落到了洞的深處。

他剛要轉身離開，卻見一根象牙棒就放在幾步以外的地方。棒柄上鑲著小紅寶石看上去美極了。一瞬間，他腦子裡閃現出這樣一個畫面——他揮舞著光彩奪目的象牙棒子，跟始祖鳥戰鬥。這個形象在詩歌、傳說中廣為流傳。他扔掉了爪中寒磣的木棒子，跑過去揀起了象牙棒，在爪裡掂了掂。這畢竟不像水晶草莓，這是武器，是有用的東西。

但是直覺又在跟他說話：你的木棒夠好的了——堅固、可靠、耐用，就像你一樣。你雖然想要奢侈品，可你並不需要它。

胃哥很不情願地把象牙棒扔掉了。「沒錯，需要和奢望必須區分開來。」他咕噥著。

他去拿地上的舊木棒時，發現旁邊放著一個指南針。風聲昨天沒有看見它。這當然是必用品了。旅行不帶這個，也太不明智了。日後如果什麼時候用上它了，他們會覺得拿這個是對的。直覺這次是在贊同他。他滿有把握地把指南針拾了起來，剛要離開，卻聞到一股可怕的臭味。一個影子向他投了過來。

「好傢伙！你們看，始祖鳥告示上的罪犯！」有隻鳥叫道。

這次敵鳥是真的了。

自責比在傷口上撒鹽還痛心。

——《古經》

第十四章

永遠的兄弟

「胃哥呢？」風聲問小海鷗。這時，他們已經快飛到海鳥部落了。

「啊，他的棒子落到洞裡，回去取去了。他說不要為他擔心，他很快就會回來的。我想他找到這裡不會有問題。」

的確，這個大島很容易定位，海鳥住的地方也不容易錯過。在這裡，上百隻的海燕、海鷗、信天翁和其他熱帶海鳥結成了聯盟，自稱為「四海部落」。

首領阿奎一見到寶石，黃瘦的面頰馬上提了上去，現出了笑容。「謝謝你，謝謝你！那些海盜鳥想盡辦法搜刮我們……可現在寶石找回來了，值得慶祝啊。來來來，從地窖裡拿出儲藏的食品，與新朋友一起分享！」

幾條魚剛擺到石桌上，在場所有的鳥就一聲不吭了，全都直勾勾地盯著魚。

「請吃魚。」阿奎熱情地說。但是風聲看了魚卻嚇得呆若木雞。只見桌上的乾魚全都佝僂著，就像它們為自己有點腐爛、發霉而感到羞愧似的。其中一條魚的圓癟眼睛死呆呆地盯著風聲。「這些鳥一定非常窮了，可他們還是願意拿出自己有限的食物與我分享！」他想。風聲抬起頭，發現好幾十隻鳥早已擠在餐桌旁了。

「你們為什麼不吃啊？」他問。

「賓客先請。」首領微笑著說。

出於禮貌，風聲吃了一片帶著霉味的魚。頓時，其他的海鳥跟著狼吞虎嚥地吃了起來。接下來，幾隻走路直晃的海鷗搬來一個密封的罈子，這是第二道菜。海鷗把罈口打開，從裡面撈出一些切成絲的滑溜溜的灰綠色的東西，鄭重其事地把它們放到了海扇貝的貝殼上。喙都張開了，「啊，啊」的驚歎聲響成一片。有些鳥饞得口水直流。坐在風聲旁的一隻小海鷗也張大了嘴，看到這種稀有的食物，他饞得幾乎要昏過去了。

「辣味海帶鹹菜。」阿奎興致勃勃地介紹著。

最後一道菜，海鷗擺上了椰子。大多數的椰子都不是綠色的，而是深棕黃色的，只有幾個是綠色的，卻還沒有成熟。其中一個綠色的椰子擦破了皮，它散發的怪酸味令風聲感到噁心。

首領一直在對著風聲微笑，可這會兒卻收斂了笑容，露出了尷尬的表情。「唉，」他歉疚地說，「我們島上的椰子全被海盜搶光了。不過，試著嘗點，它們總比醃製的東西有營養。這些椰子放得久了，裡面的汁像美酒似的。」

「我也帶來一些吃的，與大家分享。」風聲說著，倒出一半自己乾糧袋中食品，堆放在餐桌上，海鷗們都盯著眼前這些橡子麵餅、葡萄乾、薊種子麵包和蚯蚓乾。風聲拿一塊橡子麵餅，吃給他們看。一些小海鳥不由自主地湊上來瞧，他們的喙也隨著風聲的喙一開一合的。旁邊巢裡的幼鳥也探出頭來，饞得上下移動著。

「謝謝你，謝謝你！」阿奎由衷地說。話音剛落，一群海鳥擠到這些稀罕食物旁，盡情地吃著。他們還留下一些給老弱病殘的鳥吃。

隨著桌上食物的減少，他們臉上都洋溢出了滿足、感激的笑容。之後，風聲還把他來阻止貓迪爾取寶劍的事講給他們聽。

「我們聽說寶石上的字暗含著智慧。」阿奎若有所思地說。「可是我們誰也不懂古禽語。這年頭日子太苦了，我們每天只顧填飽肚子，哪有時間學習啊。」他拿出寶石，無可奈何地看著上面的字。

風聲探過身。「上面的字好像是『找到冰中的花』。唉，古禽語！要是翼哥在就好了，他精通這種語言。」風聲慢慢地說。忽然，他像想起了什麼，抬頭驚慌地說：「胃哥在哪兒？他現在該回來了。」

「哥兒們，你們瞧！我們抓到財源了！」一個海盜一邊嘿嘿地笑道，一邊用爪抓了抓他那掛著一層鹽的喙。

二十幾隻身穿綾羅綢緞的賊鷗、軍艦鳥賭在洞口處，發出了一陣陣怪笑。胃哥嚇得四處張望，可他逃不了了。

一個叫破腳的船長擠到前頭，爪裡搖晃著彎形匕首。「大家別傻笑了。」這隻賊鷗長著帶斑點的褐色羽毛，上面爬滿了跳蚤。他的脖子和肩上掛著用鯊魚牙串成的鍊子。他一隻腳的蹼被刮破了，因此被稱為「破腳」。

破腳用匕首指著鶵哥說：「我的探子說，他看見你跟一隻白鳥在一起，就是那隻懸賞最高的鳥。他去哪了？」

「你們看見的一定是一片雲。」胃哥鼓足了勇氣說。「我不知道你在說誰。」

「雲！你倒挺能打馬虎眼。快，把你知道的全都說出來。」海盜們圍了上來。

「沒什麼好說的。」

破腳提高了嗓門。「當然有的是好說的了！你為什麼來這兒？這是我們的洞。」

「我是——」

「是路過？一隻林子裡的鶵哥，呵，完全可能。你的同伴還偷走了藍寶石。」破腳逼視著胃哥好一陣子，胃哥一時也想不出要說什麼。他周圍的海盜全都擺弄著短棒、刀子。

突然，沉默被一個咂嘴的聲音打破了。「嗯……這傢伙是值不少賞錢，可告示說始祖鳥只要他的頭。」破腳狡猾地笑了笑，然後命令一個海鳥：「他看上去油水還真不少，身上長了不少脂肪。把他捆起來，架上火。」

叫胃哥沮喪的是，他竟然被綁在了自己的棒子上。「你這個粗心的傻瓜。」他罵著自己，可現在後悔也沒用了。

一隻海盜鳥搬出了一個巨大的鍋，有浴缸那麼大。另兩隻海盜趴下來，肚子貼著地面去吹炭火，還有一隻海匪往大鍋裡倒椰子油。

「現在，」破腳船長喊道，「拔他的羽毛！」

幾個喙一齊頭啄過來，拔掉了胃哥很多羽毛。霎時間，他感到天旋地轉，身體痛得直扭。「別！別啄了！」

破腳揮了揮翅膀，他的爪牙馬上後退了幾步。「快說出白鳥去哪了。」他咆哮道。「說！」

「我不知道。」胃哥帶著哭腔說。一隻海盜鳥走上前，又啄掉他一撮羽毛。「我不知道……我真的……不知道。」

船長甩了甩他脖子上的鯊魚牙鍊子，瞪著眼睛說：「夠了，把他放到油鍋裡煎了得了！」

一隻戴著印花頭巾的髒兮兮的海鳥把胃哥連同他的棒子一起拖到了「滋滋啦啦」響著的油鍋旁。四隻鳥，一邊兩隻，把他抬到了油鍋上，再慢慢地往下放。

油鍋裡滾燙的油濺到了胃哥剛拔掉羽毛的皮膚上，他叫著，喊著。「如果你領我們去見白鳥，你也許最終不會成為我們的腸中物。」破腳美滋滋地說著話，把他羽毛上的一個跳蚤摘下來，「嘎巴」一下捏扁了。

「不，」胃哥想，「我不能。我不能背叛風聲。」但是疼痛佔據了他的大腦，除此之外，大腦裡一片空白。「好！我帶你去！」他屈服了。

海盜把他從油鍋上又抬了下來。一隻海盜來給他的右腳扣上了腳銬。三隻海盜鳥拉著連接鐐銬皮帶的另一頭。

「你必須答應把他引到外面的空地上。你若膽敢給我們帶錯了路，」船長警告道，「我就要你的命……」

胃哥嚇得直點頭。

一路上，他慢慢地飛著，眼睛看不太清楚了。現在，海市蜃樓不是出現在空中，而是出現在他的大腦中。他回憶起往事：因為他的過去，他周圍的鳥，甚至包括漁翁，常常對他不信任，而風聲從來沒有不信任他。他回憶起與風聲肩並肩地戰鬥，一起趕走敵鳥的一些往事，回憶起風聲稱他為兄弟的情景。風聲是多麼好的朋友啊！他總是關心其他鳥。

「現在我卻背叛了他。」胃哥想。這麼自私，這麼背信棄義。自責的眼淚模糊了視線。他怎麼能真的背叛他呢？

「胃哥在哪兒？」風聲又問道。他焦急地在懸崖上走著，抬頭瞭望著天空……正在這時，他看見一個鳥影朝他飛來。對，那是胃哥，可奇怪的是，他沒有拿棒子，而且腳上還拖著鎖鍊。

風聲飛上去迎接朋友。

胃哥像是要停下來向後一仰，喊道：「別過來，風聲！快回去！有海盜！」

胃哥朝風聲這邊飛來，盡量把翅膀全展開，因為他聽見後面「嗖嗖」地射過來很多箭。那些箭沒有射到風聲因為鷯哥伸展著的翅膀保護了他。

風聲衝向前，沒等他到達胃哥跟前，一大群鳥湧了上來，擋住了他的視線。在這一群由各路流浪鳥組成的匪幫中，有一隻衣衫襤褸的軍艦鳥爪持彎形劍，另一隻氣勢洶洶的賊鷗爪持尖頭短棒。這些寒光閃閃的奇怪武器弄得風聲眼花繚亂。儘管海盜們的種類不同，他們拿的武器也各不相同，但有一點讓他們臭味相投，那就是貪婪。

「胃哥！」風聲尖叫了一聲，揮劍奮力搏擊著海盜。在他身後，海鷗們衝出了洞，他們爪裡拿著魚叉或拿著末端綁著石頭的繩子。

「強盜！」他們喊著。

「劊子爪！」

「我們不能再忍受了！」

激戰開始了。

每隻海盜鳥都想藉著混戰撈點油水。「瞧，鮮嫩的小鳥。」一個賊鷗指著

岩石上一排排鳥巢喊道。沒等幼鳥們的父母來阻止他，他已經飛到岩石下。毛茸茸的管鼻鸌雛鳥從巢裡張開嘴巴伸出頭來，向海盜的臉上噴出帶臭味的液體。「媽呀！」賊鷗往後踉蹌幾步，用爪直擦黏糊糊的臉。

「你連這個都不知道。管鼻鸌雛鳥常常滿嘴噴『糞』。」另一隻賊鷗斥責道。「我們去那邊吧，再把那顆寶石偷回來。」然而，沒等他接近寶石，阿奎和四個燕鷗用早已準備好的破貝殼向他們亂砸一通。

雖然四海部落鳥只有非常原始的武器，但是他們的鳥數卻不少於上百隻。他們擠在有著一道道白花花糞痕的岩石上，每十幾隻鳥對付一隻賊鳥。

風聲試圖衝向胃哥摔落下去的地方，可一隻賊燕鷗向風聲撲來，那賊鳥身穿粉、紅兩色格子圖案的絲衫。風聲揮劍躲了過去，劍刮掉了一塊絲布。

這時，破腳認識到他們的陣腳已亂，該重新部署一下。「聽著，全都去抓那隻怪鴿子！抓到他！他值一袋子財寶呢！」他叫著。聽到這些，四海部落的兄弟們把風聲護在中間，搖起繩子上的石頭。猛地，有一塊石頭擊中了破腳那破破爛爛的爪趾上，他疼得大叫一聲，墜向海裡。其他海盜趕忙停下來，不打了，全都撲向掉進海裡的船長，想拿掉他的腳鐲和鯊魚牙鍊子。海盜鳥之間開始爭鬥起來。四海部落的鳥趁勢發起進攻，趕走了海盜。逃跑的賊鳥們還在爭吵，根本忘了他們來此的目的。

戰鬥剛結束，風聲就朝胃哥掉下去的懸崖下面飛去。胃哥一動不動地躺在海灘上。每次海浪湧上來時，他的身體都被推動一下，然後又被潮水帶回大海幾寸。他身上冒出的血把周圍的沙子都染紅了。

用不了多久，胃哥就會被淹沒在潮汐中。風聲在胃哥身體上方低飛，一隻爪抓住了胃哥的爪子。又一個大浪打過來，風聲感到了胃哥的身體被退潮往回拖著。「我必須快一點……」風聲流著淚，咬緊了喙。「大海，你不能把他帶走……他是我的朋友。」他用力扇動翅膀，用那隻空著的爪子往後扒著沙子。

猛然間，風聲感到胃哥握著他的爪子變鬆了。「放開吧，風聲。甭管我了。」又一個大浪向他們沖來，風聲感到他們握在一起的爪子就要被分開了。他發現胃哥臉上露出一絲苦笑。「別讓我再拖累你了。」胃哥微弱地說。

「不！」風聲衝向他的朋友。他根本不知道他的血液裡能湧動出這麼一股

巨大的力量。突然，他和胃哥就像是世界上僅有的兩隻鳥，他的唯一目標就是救胃哥。他緊緊握住他親愛的朋友，轉向岸，一下一下用力地扇動著翅膀飛著。掛在懸崖邊的太陽好像在燒著他。

終於他們爪下的沙子堅固些了。風聲用一隻翅膀扶著胃哥朝岸邊走去。胃哥的熱血流到了風聲的羽毛上。

胃哥咳嗽幾聲，全身都隨著顫動。當他一瘸一拐拖著步子往前走時，他都能感到風聲的心臟在強烈地跳動。

「再走幾步就到了。」風聲說。海鷗們都圍上來看，阿奎走上前要幫一把，可風聲寧可自己扶著胃哥。

胃哥支撐不住，癱倒在一塊夕陽斜照的沙灘上。

「你背上的傷！」風聲說著，想拔掉胃哥背上的箭。他的聲音小得幾乎難以聽見。

「此刻，我心上的痛遠比肌膚之痛厲害。」胃哥強睜開了眼睛看著風聲。

「我知道，現在後悔都晚了。你說怪不怪……當我最終認識到自己的錯誤時，我已經在歧路上走得很遠了。當我渴望活下去的時候，生命卻已到了盡頭。」

胃哥咳嗽了一下，轉頭去啄他的項鍊結。「生活是一場戰鬥……我輸了……」

「不……你贏了，而且贏得很輝煌。」風聲輕聲說。當胃哥把他那紅色的草莓項鍊遞給他時，他吃驚地看著這個勇士。「胃哥……」

「拿去這個，請留著它。這樣，我就能和你永遠在一起了……」胃哥停了一下，身體在顫抖。「我一生總在犯同一個錯誤，抵抗不住同樣的誘惑。大多數的時候，我事先就知道要做的事不對……可是我還是做了……我……我從來不知道明天。」

風聲蹲在胃哥的身旁，強忍著不哭出來。草莓墜是沉重的，好像它載著整個世界的重量。「你會好的。明天會更好的，兄弟。」

「你還把我當作兄弟？」

「是的，永遠，永遠。」

「兄弟……明天……」胃哥的目光突然定在了夕陽上。他的喙很快地開合兩下，像是喘了兩口氣，之後，就再也不動了。

海鷗們在岩石邊的一塊草地上挖了一個坑，把他下葬了。在場的海鳥們站成一排，他們那白色喪服上的絲帶隨風飄動著。一隻海鳥用巨大的海螺吹起了傳統的送葬曲。

風聲多希望翼哥能在此時彈起他的豎琴，或者福來多來這兒吟唱啊。想到這兒，熱淚順著他的面頰流了下來。「我永遠的兄弟。」他想。海風中，風聲感到十分孤獨、淒涼。

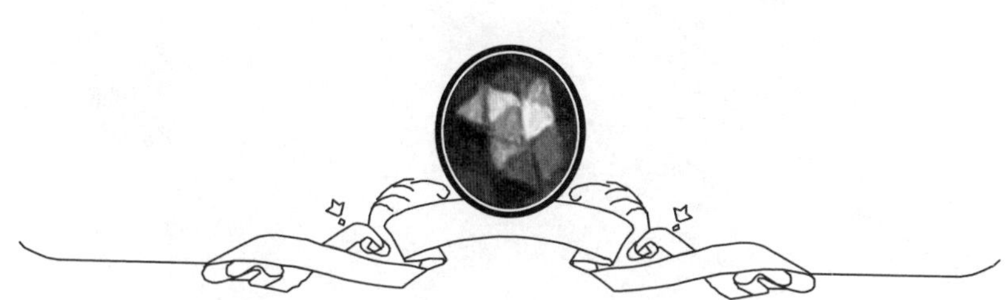

當我們感到最艱難的時候，
也許離目標只有一步之遙了。
——《古經》

第十五章

冰宮之戰

「陛下，」卡瓦卡把一隻爪放在胸前施個禮說，「前面就是海了。」

貓迪爾仰頭喝盡一杯鎮痛藥。雖然牙痛使他心煩意亂，但他知道該是整理心得筆記的時候了。自從他們從城堡莊出發，他就利用安營紮寨的空隙，瘋狂地寫著。他把觀察心得、他的思想以及和陰魂的對話全都寫下來。

現在，他拿出一個精心包裝好的包裹，把一層層的布結一個個地解開，裡面露出了一大摞筆記，他用爪子把每一頁的折邊一一撫平。他的眼睛掃視著陰魂教導他的至理名言。「他的話深刻呀。也許我該聽他的……」貓迪爾自言自語地說。轉眼的工夫，他又搖了搖頭，拋棄了這個想法。他用刀割了一塊皮革，把筆記包上了。在筆記本的一邊，他用牙咬了幾個孔，然後用皮繩把它裝訂上了。他抓了一支羽毛筆，蘸了蘸金色墨水，在封面上揮筆題名：

《邪經》

他在帳篷裡走來走去，等著墨跡乾，身上佩帶的劍也隨著步子「叮噹」地響。

他若有所思地抽出劍，凝視著上面普普通通的鋼韌。

「我和你呀，」他用戲腔吆喝起來，「形影不離。但是不久我會另有新劍，你的使命就要完成了。」

忽然，一個念頭使他眼睛一亮。

他轉身邁著小碎步跑向帳篷的另一端，那裡支著一面鏡子。他在鏡前搖晃著腦袋，陶醉在月光和自負中。他高高地把劍舉起，揮舞著。

「英雄，英雄，」他一邊對著鏡子自我宣布，一邊欣賞著這一美景。欣賞良久，他又把劍放回鞘裡。他拾起《邪經》，用防水布把它包好，帶

著它獨自飛向了夜空。他要找一個安全的地方，把這本書藏好。他知道如果考利亞之行有個三長兩短的，那他的思想還會流傳下去。

風聲離開了四海部落，向大海的上空飛去，海鷗島漸漸地在他身後消失了。到目前為止，他搜集到的所有線索都令他迷惑不解。「找到冰中的花。」可是在冰天雪地的冬天，哪還有什麼植物開花呢？

「最好還是往南邊的冰川地帶飛。」他自言自語道。難道正如胃哥所說的，他做這個探尋之旅真的是瘋了嗎？難道對於他這麼一個曾經做過奴隸又無家可歸的鳥來說，去幫助英雄根本不現實嗎？

「胃哥，也許你是正確的。」他邊飛邊想著。「也許找到所有寶石是個空想。我對不起你呀，胃哥，是我把你帶出來的。假如我沒帶你來，你一定還活著……」

因為淚水模糊了他的視線，連在前面地平線上的烏雲他都沒有看見。直到翅膀被風吹得左右搖晃不能保持平衡了，他才意識到自己已捲入到了烏雲中。

風聲驚奇地發現這些烏雲好像形成了這樣的形狀：一隻鳥展開了影子似的翅膀，抬起頭仰起了巨大的喙。一瞬間，它看上去像巨嘴鳥再次揚起頭，來砸開他的鐐銬。

當他被捆綁在圓木上扔進河裡時，感到一切都沒有希望了。然而，他倖存下來了。現在若放棄，真是太愚蠢了。他要挺過去。

「既然我以風為名，」風聲想，「那就讓風帶著我飛吧。」於是，他伸直了翅膀，讓風帶他前行。狂風吹著他，漸漸地把它推向了西南方向。

「看，福來多。」翼哥喊道。翼哥和福來多已經乘著寒冷的海風飛行兩天了。「那島，是一座巨大的冰山！」

「老鶇鳥先知預言『在南極有齒鳥橫行』，他是不是指始祖鳥要來呢？」翼哥算了算天數說：「今天是英雄日。始祖鳥皇上正尋找寶劍……他為什麼非要到南極來呢？除非他要飛遍天涯海角來尋找天降的奇特寶石。」

當他們到達冰川時，看到一隻企鵝站在坡上正要往海裡跳。

「我們有急事相報，」福來多喊著，「可能要有災難了。」

「是始祖鳥，」翼哥說，「他們正往這邊來呢！」

「始祖鳥！來這裡？」企鵝倒吸了口涼氣。他立即帶他們走進一條光滑的藍白色隧道，隧道兩側是晶瑩透亮的冰雕。

他們沿著明亮的走廊走著。許多企鵝從身旁滑過。隔壁走廊上企鵝的身影偶爾閃現在凹凸不平的冰牆上，看起來十分神秘。最終，他把他們帶到了一個淺藍色的金鑾殿上，那裡的冰崖上正端坐著一隻巨大的企鵝。帶他們來的那隻企鵝引見說，那就是格溫德琳女皇。於是，翼哥上前把他們的歷險

故事講給女皇聽。

當他提到寶石時，格溫德琳女皇打斷了他的話。

「寶石……天！怎麼……我的意思是——你是怎麼知道它的？」女皇吃驚地問。

「我的家族就有一顆多稜的紫色寶石，上面刻有字。」福來多對她說。「從一開始我們就知道它是不尋常的東西——它出現得非常神秘。原以為只有我們部落才擁有這種神奇的寶石，但在過去幾個月的旅行中，我發現在始祖鳥的疆域裡還有其他部落有類似的寶石，只是顏色不同。」

「這些寶石與英雄傳說以及英雄劍有關！」翼哥說，「劍在天堂島的考利亞王國中。今天是英雄日。如果我沒猜錯的話，貓迪爾一定會帶著始祖鳥來這的。」

一隻戴著冰眼鏡的企鵝顧問說話了：「也許始祖鳥正向我們北面不遠處的一個島飛去。」他告訴大家。「那個奇怪的島總是迷霧籠罩，並隨著潮汐漂搖。不久前，我們游到它的岸邊，一些羽毛呈亮紫色和綠色的鳥跟我們打招呼，還給我們一些水果吃。」

「是的，的確存在那個島，也許那就是考利亞。」女皇想了想說。「但是他們也許為別的目的而來，因為我們也有一顆寶石，它是淺藍色的。」她碰了一下寶座旁邊的冰板，冰板滑開，露出了一個秘密的空間，她從裡面拿出了一顆美麗的寶石。這寶石看上去像一塊精雕過的冰。

「『尋找水中的飛鳥』。」翼哥讀道。「聽起來考利亞島怎麼越來越神了。如果它那麼難找的話，始祖鳥很有可能把你們這兒誤認為是考利亞。如果是這樣，我們就要充分利用這個機會。當然，我們都不想讓始祖鳥皇上拿到寶劍。如果我們把貓迪爾困在這兒，等英雄日一過，他就無法阻止真正的英雄去拿寶劍了。」

「說得對。我們要分散他們的注意力，讓他忘記時間。我們採取的策略是舉辦宴會和演唱會。」格溫德琳女皇說。

接下來，翼哥眉飛色舞地獻了些計，大家都點頭表示贊同。

「女皇！」一個小企鵝突然從秘密通道滑了進來，站起來行個禮。他的脖子上掛著一個冰製望遠鏡。「我們看見他們了，直奔我們來了！」

陣勢強大的始祖鳥軍隊排成了「V」字形，橫掃天空。貓迪爾把握著方向，確保這支兇惡齒鳥部隊的「V」字箭頭指向東南方向。他坐在「V」字陣容裡面的天車裡，正向考利亞島方向進軍。看到西部天空中有一大塊烏雲，他皺起了眉頭。氣流越來越不穩定了。

突然，一道巨大的白色強光劃破前面的天空。一陣暴風吹來，吹亂了始祖鳥的陣容。貓迪爾的天車也被吹得上下翻騰，簡直像個活物了。貓迪爾緊緊握住天車上的竹欄杆，他的斗篷隨風狂擺，像新添了個翅膀似的。他大叫道：「小心！小心！往偏東方向飛，避開暴風雨！」雷轟隆隆地響起來了，宛如葡萄粒大小的雨點向他們猛砸下來。

貓迪爾揚起鞭子，在拉車的十二隻鵝的上空「啪、啪」地抽著。「快飛！快飛！如果我們都濕透了，我們全得掉下去！」這時，左邊的一隻鵝因為跟不上他的同伴，累得直往下墜。貓迪爾咆哮著，低下身，用刀子割斷繫在這鵝身上的繩索。這隻疲憊不堪的鵜墜落下去，消失在大海中一個小小的浪花裡。

沒有這個累贅了，貓迪爾的天車行進得快了一些。他揮動著他那濕淋淋的翅膀喊道：「別讓閃電擊了我們！」

與自然鬥永遠是不明智的。在暴風雨中掙扎的始祖鳥像一群衣衫襤褸的乞丐十分狼狽。暴風雨過後，他們繼續往南飛，而且飛得比以前更快了，因為他們想奪回失去的時間。他們根本沒有注意到他們全都錯過了考利亞島。趁晾乾身上的羽毛的空檔，貓迪爾拿起了望遠鏡望著。「瞧！那是考利亞！」他對卡瓦卡說。因為又來了精神，他暫時忘了牙痛。他指著一座巨大的冰山喊：「朝那個冰島飛！」

「線索上說：『找到冰中的花』。那個島上倒是有冰，可哪有花呢？」旁邊的一個文官質疑道。

「蠢貨！你沒有認識到那個線索只不過是個隱喻嗎？那巨大的冰山看上去像一朵白蓮，那就是考利亞了。前進！」他趾高氣揚地叫道。

當始祖鳥到達冰島上空時，貓迪爾命令一些士兵在空中巡邏，好阻止和殺

掉那些前來尋劍的鳥。他和鵝以及部隊中其餘的士兵落了下來，並把天車折疊起來。

「歡迎到我們的島，」一隻企鵝打著招呼，「請跟我來！」

貓迪爾跟著他，驚訝地觀賞周圍巧奪天工的冰雕。儘管他對富豪生活並不陌生，但這裡的景觀還是令他耳目一新。有一些牆像玻璃一樣薄，其他厚一點的牆則泛著藍光。

「這的確像天堂！」他穿過一條條冰隧道驚歎著。當看見一隻企鵝躬身施禮，請他們進入一個低矮但很寬敞的大廳時，他高興地笑了。「真好客呀！呵，盛宴！」

只見席上一個大盤子中間擺著粉紅色的磷蝦，它的周圍是一圈海扇貝和蛤蜊。另一個大盤子裡擺放著閃亮的黑魚卵、切成塊的鯖魚、大蝦和海帶絲。還有一個橢圓型的盤子盛著一條大銀魚，它是今天企鵝們抓到的最棒的一條魚。筵席的兩側，有兩隻企鵝正忙著用冰刀切著鮮美多汁的魚排。在那些大菜的最中央，擺著一盤令眾鳥矚目的帶著斑點的紅色海星。

大部分的始祖鳥在狼吞虎嚥地吃著，只有貓迪爾吃得很少，因為他滿腦子想的是寶劍的事。「謝謝您為我們準備了這麼豐盛的晚餐，」他禮貌地對格溫德琳女皇說，「但我在想，您可否讓我看看你們的英雄寶劍？」

「你指的是哪一把？我們有許多。可你們遠道而來，等你們吃好休息好了，再給你們看，怎麼樣？」

貓迪爾沒有反駁。他知道他和士兵經過長途旅行消耗了不少體力，該讓他們補充一些能量了。他的牙又疼了，他拿起一小塊冰貼在面頰上鎮痛。席間，士兵們埋頭大吃著，他卻忙著窺視各個角落和隧道。「老鳳凰派佛羅在哪兒？巨嘴鳥在哪兒？」他想。突然，他瞥見了翼哥和福來多。「怎麼著？為什麼一隻啄木鳥和一隻鷹會在這兒？難道他們也是來尋寶劍的？那隻鷹看起來倒夠壯的了。」

貓迪爾示意一個武官監視著那兩隻鳥。「但話又說回來，也許他們真的住在這個寒冷的島上，這畢竟是個魔法島！也許那老鳳凰和其他的鳥藏在什麼地方，也許這是個考驗。」

宴會後，企鵝為他們舉辦了一場音樂會，他們在一個冰做的木琴上演奏著。貓迪爾還是心事重重。今天是英雄日，這裡的氣氛不錯，但是對始祖鳥來講這地方也太冷了。如果能立刻拿到寶劍，他就能馬上返回溫暖的地帶了。

最後一支曲子剛結束，貓迪爾就邁著大步急匆匆地向格溫德琳女皇走去。

「女皇，你可否行行好，現在就讓我看看那寶劍？」

站在翼哥身邊的格溫德琳女皇點點頭。「快，把那些特殊的劍拿出來。」

按原計劃，她衝著空隧道喊道。隨著腳步拍打冰面的聲音，幾隻又矮又胖的企鵝走出來了，他們腳面上托著用布墊好的劍。每隻企鵝走到貓迪爾的跟前都先一鞠躬，然後禮貌地說：「先生，是這把劍嗎？」

除了鋼鐵劍以外，他們甚至連冰製的劍都有。看了二十把以後，貓迪爾感到被愚弄了，非常生氣。陰魂曾暗示過他，在那把英雄劍的柄上有第八顆寶石，可他們拿來的劍上連一顆寶石也沒有。「這裡有詐。」他眯起眼睛想著，他又一次起了疑心，但很快有了一個詭計。

他轉過身，微笑著對一隻企鵝文官說：「看來這兒有賓客吧？那兒有一隻啄木鳥和一隻鷹。」

「是啊，我們這兒的賓客來來往往的，但大多數是海鳥。」企鵝文官說。

「這可想而知。這地方這麼美，甚至連巨嘴鳥都想來呀。」

企鵝文官聽了容光煥發地說：「我真希望他們能來這兒啊！畢竟他們是我們的鄰居。」

等企鵝文官意識到說溜了嘴時已經晚了。

貓迪爾氣得臉上的羽毛都立了起來，眼睛擠成了兩條縫。「先是我的翅膀萎縮，然後是我的牙疼，再就是現在這件事！」他想。他大叫道：「你們在耍弄我！想把我拖在這兒！」他一爪抓住企鵝文官的後脖梗，用劍頂住了企鵝文官的額頭。「你知道那島在哪兒。告訴我，它在什麼方向？」

「它不是……我……」

「告訴我！」貓迪爾怒吼道，劍尖晃了晃，企鵝文官的兩眼間被剮出一道口子，鮮血直流。

「大膽！」格溫德琳女皇舉起一個鰭狀翅膀呵斥道：「放了那個文官，住爪！」

貓迪爾卻把那個企鵝文官抓得更緊了，並下令攻打企鵝。

這時，他才注意到房頂太低了，沒有飛的空間。他的部隊奮力地衝向企鵝，在冰上東倒西歪、一跐一滑地前行。貓迪爾看出來他的士兵吃得太飽了，打不動仗了。

企鵝們抓起沉重的冰盤子，像擲鐵餅那樣投向衝過來的始祖鳥，然後轉身鑽入隧道之中。

「殺了他們！殺了他們！」貓迪爾命令道。士兵們怕滑，扶在一起衝向隧道，結果爪下的冰面被壓塌了，他們尖叫著掉進了黑咕隆咚的海洋裡。

剩下來的渾身濕漉漉的始祖鳥追趕著企鵝來到了金鑾殿。企鵝們在大廳周圍的多條隧道中聲東擊西，弄得始祖鳥昏頭轉向，他們的劍砍不到企鵝卻砍到了大廳的冰柱子上。

「看著點！別亂砍！」貓迪爾喊道，但是太晚了，被損壞的大廳柱了搖晃了幾下就塌了，房頂上的冰錐直往下掉，接著，整個房子坍塌下來。原來看上去很美麗的東西，現在成了致命的武器。冰塊墜落在地上，叮噹亂響，好似演奏著恐怖音樂。始祖鳥被困住了。趁貓迪爾不注意，企鵝文官掙脫了他的魔爪，逃走了。

風從露天的房頂向他們吹來。「這是圈套，是詭計！」貓迪爾喊道。他急忙裝備好天車套上鵝。「起飛！起飛！別浪費時間打企鵝了！往上飛，往北飛，立刻去考利亞王國！」士兵們不打了，慌忙地跟著起飛了。眨眼的功夫，

剩下的始祖鳥和鵝已行進在空中了。

「他們去考利亞了，我們必須阻止他們！」翼哥對福來多喊道。

格溫德琳女皇點頭表示贊同，說：「但是他們飛不快的，因為他們肚裡的飯會使他們下墜，翅膀上的水也會結冰，而變得像鉛一樣重，而且前面還有霧。快飛吧，也許你們能趕在他們前面！再見了，我的朋友們！謝謝你們！祝你們好運！沒有你們，我們許多企鵝現在早就沒命了！」

「再見！看管好你們的寶石！」鷹和啄木鳥一邊回應著，一邊鑽進雲霧，飛向了北方。

風聲被海風吹著，不知飛了多遠。剛才他穿過一片濃霧，連海面和夕陽都看不清了。現在薄霧籠罩，他飛過最後幾絲雲彩，看到了海面。海面上點綴著無數座白色的冰川。再往遠處看，在黑藍色的水面上他瞥見了一點綠色。

忽然，在近處他看到了明亮的東西：兩隻鳥，一大一小，從一塊雲霧中飛出來。那小的長著亮紅色的頭。風聲還隱約地聽到了鈴鐺的聲音。

當福來多和翼哥飛出雲霧時，耀眼的夕陽直刺他們的眼睛。他們停了片刻，適應一下周圍的光線。突然，翼哥瞥見一個白點在那逆光的空中閃爍著。他感到一陣興奮。

「我真高興，你還活著！」翼哥喊道。三個朋友繞著圈子飛著。他們驚喜得要暈了。翼哥覺得風聲比當初大了許多。福來多在他們身邊飛來飛去，鈴鐺也發出快樂的響聲。

「胃哥呢？」翼哥小聲地問。當他看到風聲脖子上掛著的草莓墜時，突然明白了。他們原處靜靜地飛著，風聲悲傷地講著事情的經過，並慢慢地摘下草莓墜項鍊，遞到翼哥跟前。

啄木鳥伸出竹子似的爪子輕輕地撫摸了一下草莓墜，兩顆珍珠般的淚水順著臉頰滾落到紅木墜上。他俯視著大海。

「海風之歌，讓我們飛越大海；意志之歌，讓我們克服艱難險阻；曾讓我們快樂的『胃哥』，你在哪裡？」接著他小聲吟誦道：

唉，苦海的波濤，
其中有多少
心酸淚？

翼哥抽泣著，僵硬地點了點頭，然後把項鍊還給了風聲。

福來多低著頭，默默地拿出一個小袋子裡，從裡邊抓出了最後一把胃哥非常喜歡的星星狀的小飾物。

他把它們拋向空中。「胃哥！」他喊道。那些小飾物捲在風中閃爍著，看上去那麼神奇。「一個勇士！死得多麼壯烈啊！」

「胃哥！」風聲望著空中閃爍的小飾物，又一次感到悲痛萬分。「就在他被埋葬的那個島上，我從那兒的海鳥部落得到一個線索：『找到冰中的花。』福來多，我也見到你的父老鄉親了。『看著對方的眼睛去選擇你的道路』這就是你們那個部落的寶石線索。」

「我的家鄉！」福來多又驚又喜，他高興得找不到別的話可說了。

「風聲，我們也發現了兩顆寶石！」翼哥興奮地說。「鶇鳥的紅寶石上刻著『你最愛的東西就是鑰匙。』企鵝部落有一顆淺藍色的寶石，上面刻著：『尋找水中的飛鳥』。」

風聲迷惑不解地搖搖頭說：「它們一定都指向寶劍，但是我不明白它們的意思。」

「企鵝告訴我們附近有一座綠島。」福來多說。「它可能就是考利亞。我

們必須起飛了。始祖鳥可能已到那了，我們不能在這久留了。」

於是，大家扇動翅膀向考利亞飛去。

不久，翼哥堅持不住了，他的翅膀每扇動一下都疼痛難忍。風聲從下面飛上來說：「趴爬在我背上休息一會兒吧。」

「你也累呀，」翼哥輕聲說，「你怎麼能背得動我呢。」

「沒問題。」風聲背上了翼哥去追福來多。他們倆小心翼翼地飛著。風聲一路無語，但翼哥還是感到了風聲的體熱。風帶著冰碴吹著他們的臉，迷霧又包圍了他們。霧剛一退去，翼哥就尖叫道：「前面有軍隊！」

他向一片黑鴉鴉的鳥指去，只見風吹動著隊伍中的旗幟。那旗幟是藍色的，上畫著一座山峰，在山峰上有朵被閃電劈開的烏雲。

「天雷山！」福來多吃驚地喊道。

「是你弟弟！」風聲高興地說。「福來思，他說要來援助的。」風聲又仔細地看了看，發現隊伍中有各種羽毛的顏色在閃動——有鸚鵡的亮紅色，有海鷗的灰白色。他好像還看到了黃色，那是不是蒼鷺的長腿呢？

「但怎麼——」福來多說，「但是為什麼——」

「沒時間了。」風聲喊道。後面的始祖鳥穿出烏雲，朝他們這個方向飛來。風聲認為敵鳥已經看見他們，來攻打他們來了。他們要被圍攻了。奇怪的是，在始祖鳥部隊的中央，有一把劍沒有指向福來思他們的方向，而是指向海上一個濃霧籠罩的地方。

「貓迪爾！」風聲一驚。

英雄和惡魔有什麼區別？
現在我終於懂了。
——《古經》中的「翼哥日記」

第十六章

雙劍交鋒

「好傢伙，那隻啄木鳥和那隻鷹也來了！噢——還不止一隻鷹呢……」貓迪爾蹲在天車的邊緣，正準備縱身往下跳。他轉向卡瓦卡說：「那些天雷山的鉤嘴鼻涕鬼們終於從山溝裡飛出來了。哈，金鷹竟還想在水面上開戰，真是天大的笑話！卡瓦卡將軍，進攻！」

說完，貓迪爾仰頭咕嚕咕嚕地喝光了最後一口藥水，接著從飛天車上往後一蹬，跳了下去。

雙方交戰在一起，好似一片翻滾著的烏雲，下著羽毛和血水。沒等貓迪爾飛多遠，一支箭「嗖」地向他射來，逕直穿過了那個魔法翅膀，但那鬼煙似的翅膀看來不如以前癒合得快了。

他回頭一看，翼哥、福來多和風聲追了上來，把他團團圍住。「啊！你沒死？也沒瞎？」貓迪爾見風聲比以前大了許多，愣了一下。「貓迪爾，你可不能心慌意亂

呀。」他在心裡告誡自己。「先打最弱的，然後再一一殲滅。」於是，貓迪爾舉劍就向翼哥砍來。僅僅幾個回合，啄木鳥就被打得東倒西歪，之後被一陣狂風吹落了下去。「下一個，就是鷹。」貓迪爾想著，轉身奔向鷹。

風聲這時猛地俯衝下去去救翼哥。「我沒事。」啄木鳥小聲說。

「福來多，快來幫忙！」風聲大喊著，就在他轉身找福來多時，卻看到他已招架不住，歪著翅膀直打轉，也敗在了貓迪爾的爪下。

「輪到你囉！」貓迪爾叫道。「我們一對一決戰！」

福來多恢復了點力氣，立刻飛過來援助翼哥，於是風聲放了心，迎著對手飛了上去。「咦?臭小子竟然武功不淺……不成，英雄日只剩幾個小時了，我可不能浪費時間與他周旋。」貓迪爾想著，猛地一轉，掉頭鑽進霧中。

「哪裡逃！」風聲喊道。「我必須把他攔住。」他想著，便朝貓迪爾消失的方向追去。雲霧頓時包圍了他。「啊!這原來是考利亞王國。」當一座沙黃色、微帶著一圈綠色的島嶼出現時，他感歎道。「找到冰中的花。」風聲想，這就是第一個被發現的線索的意思。

風聲往低處飛了飛。這島嶼看上去像鳥的形狀。長長的沙灘從島的中央向兩邊展開，好似鳥在展翅，在深藍色的大海中翱翔。「尋找水中的飛鳥。」那寶石果然提供了線索。「胃哥呀，胃哥，」他低聲喚著對寶石線索有疑問的鵪哥。「假如你能同我一起看到這個該多好啊！」

這時，海風把他吹往島嶼的上空。眼前景色使他腦子裡突然想起另一個線索：「鳥的眼睛能看出你的心願。」於是他朝這鳥形島的鳥頭方向飛去。只見海岸前陡立的灰色懸崖宛如鳥頭上的喙。他盤旋著，想尋找到鳥眼睛的確切的位置。忽然，一座金字塔在沙地之中奇蹟般地出現了。

正當風聲衝向塔的一扇小門時，恰好看到一條帶著灰羽毛的長尾巴滑進了門縫，他感到毛骨悚然。

風聲飛進了空蕩蕩的前門，往裡是又長又窄的隧道。他順著這岩石通道往深處追去。

他來到了一個壯觀的拱形禮堂，周圍牆壁上全是高大的玻璃藝術，像窗戶一樣。可是哪也看不到貓迪爾的蹤跡。他到哪去了?風聲急忙穿過大禮堂，左

右尋找著。當他從第一塊彩色玻璃旁飛過時，玻璃後面的一隻蠟燭突然燃了起來，照亮了玻璃。他嚇了一跳。定神一看，玻璃圖案中畫著一隻快死的雀鳥，被壓在一隻持劍的始祖鳥的爪下，那始祖鳥像在怪笑。

當風聲路過其他一塊塊玻璃時，一幅幅同樣殘忍的畫面出現在眼前。然而，他連貓迪爾的影子也找不到。

只有一塊沒有點亮的玻璃。就在風聲飛過它的一瞬間，它的圖案發出了奪目的彩光。風聲停了一下，又猶豫地飛回來。

在這塊玻璃上，畫著一群眼中充滿希

望的鳥——有一隻鶇鳥，一隻翠鳥，一隻企鵝，一隻鷹，一隻海鷗以及一隻鸚鵡，他們伸著爪子。在他們的頭上是幾顆寶石。

就在風聲望著這一幕的時候，玻璃裂開了，像一扇門那樣在他面前展開。裡面是一條隧道，它像海螺那樣彎轉著通往上空。他往前一跳，拍打著翅膀藉勢高飛起來。白色的光滑的弧面牆好像被塗上一層珍珠母貝一樣，發著光，讓他看得清路。他順著螺旋形的隧道飛得越來越高，越來越快。旋轉中，一隻翅膀的尖還輕輕地擦過外牆的表面。雖然隧道的坡不陡，但它的彎轉得很急。

忽然，風聲聽到上面傳來了的「咚、咚、咚」的聲音。他飛得越高，聲音就越大。

不久，隧道一下子到頭了，成了死胡同。一隻始祖鳥正飛在那兒，盯著那面死胡同的牆，風聲差一點撞在他身上。這牆上掛著一塊灰色的石頭雕刻。上面的圖案讓他頭暈目眩，密密麻麻的，一圈套一圈。在最中間，有兩個貓迪爾那麼大的石板重疊在一起。這隻始祖鳥聽見了風聲喘著粗氣的聲音，猛一回頭。

「想堵我的路，是不是？想找死？」貓迪爾咆哮著，拔出劍撲向風聲。

風聲一閃身飛到側邊的牆壁，雙腿一蹬，又彈往左邊。他招架著把劍橫在了貓迪爾和他之間。他必須把貓迪爾困在這兒，好為英雄留點時間，好讓英雄取到劍。

於是，他機智地說：「我有一件事不太懂。為什麼你這樣張牙舞爪地帶兵開戰，卻滿口說什麼想給世界帶來和平？」

貓迪爾「哼」地噴了一下鼻子，好像答案是明擺著、顯而易見似的。「我要把世界整治一番，讓它煥然一新。世上不許有無知的、笨的、傻的鳥存在，也不該有戰亂。那時的鳥像我一樣，都有正確的見解。」說到這，貓迪爾想：「還是趁著風聲在這小地方無法逃走，把他殺了乃是上策。」於是始祖鳥使出了他的絕技「致命死」這一劍法。風聲馬上來了個揮劍直劈來抵擋，可是他忽然感到臉頰和脖子一陣灼痛，眼睛下方好像流出了血，好在除此之外沒有別的傷。

貓迪爾盯著風聲，惡狠狠地叫道：「你該死了！你原來不過是個奴隸，你雖然身體變大了點，臉上卻有紅色的奴隸標誌！」貓迪爾又乾笑了幾聲，來掩飾他心中的困惑。「而且你還頂著個奴隸的笨腦袋。不然你早會意識到這個真理：和平只能在軍隊的鎮壓中得到。世上的鳥必須被控制住。除此之外，別無他法。」

「和平是不能靠暴力強迫出來的。」風聲毫不猶豫地說。「壓迫下的安靜不是真正的和平。」

貓迪爾的臉上露出嘲笑、蔑視的表情。他又向風聲砍來，但風聲卻打回了那一劍。兩把鋼劍撞擊的叮噹亂響聲，在這狹小的空間裡迴盪著。

英雄在哪呢？他大概很快就要來了吧。風聲很清楚自己挺不了太久了。

「等英雄來這兒，」他對自己說著，「等他到來……」

「他就在此地！」貓迪爾叫道。「我就是英雄。你知道怎麼開這扇門？」貓迪爾接著用命令的口吻問道。「快說！我可能饒了你的小命！」風聲往後倒退著直到碰到了牆壁。貓迪爾向前緊逼著。他們彼此離得這麼近，連貓迪爾左眼皮上的一根像蛇一樣跳動的青筋，風聲都看見了。

「我怎麼知道？」風聲答道。「和平能打開大門，」他想。「但是這是什麼意思呢？」

他把雙翅一收，忽然沉下去，從貓迪爾身下穿過，然後從他後面又升了起來。被此愚弄，貓迪爾惱火地尖叫著，他試圖在狹窄的空道中轉身。這一下，風聲可比貓迪爾離死胡同上的門更近了。可當風聲伸出一個爪子時，一股奇怪的無形的力量卻把他的爪反彈回來。

突然，風聲明白了。他要想打開門，不能攜帶武器，他必須空爪前進。他往後一看，貓迪爾正向他吼叫著。他與一隻殺鳥犯只離幾翅膀之遠，他敢扔下他的劍嗎？

但是英雄依然沒有來。他如果什麼也不做，不久很可能被貓迪爾殺死，貓迪爾說不定也能發現開門的方法，那時，寶劍就會毫無疑問地落到他的爪中。

風聲扔下了劍。它先掉到了隧道的地上，然後順著螺旋隧道滑了下去。一聲巨響把牆上的雕刻震得搖動起來，上面的兩塊扁石頭隨之分開了，裡面露出了一個圓洞。

貓迪爾馬上明白了。「我必須放下武器，但不能讓『013無類鳥』輕易得逞……」他沒有把劍直接扔下去，而是把它拋向了風聲的頭。風聲向下一躲，貓迪爾趁勢搶先一步，進了洞，一眨眼的功夫就沒影了。

「噢，不……」風聲因焦急心都揪起來了，他立即跟著飛進了洞。洞裡黑的，什麼也看不見。貓迪爾在哪兒？黑暗持續了幾秒鐘，讓風聲出乎意料的是，他眼前突然閃現出一雙巨大的魔眼。等他飛近一看，才弄清那雙大眼睛原來是兩扇眼睛形狀的水晶大門。「看著對方的眼睛去選擇你的路。」風聲默念道。

乳白色的煙霧在門前繚繞。不多時，煙霧就散了。在右邊的水晶門上，他看見了自己的形象。那裡的風聲爪裡高舉著寶劍。在左邊的水晶門上，他看見了各種各樣的鳥，個個面目可怕，衣衫襤褸，都伸出爪子乞求著。

「貓迪爾進哪扇門了呢？」風聲尋思著。他看了看左邊的那扇帶著窮苦鳥圖像的門，用爪輕輕推了一下，門向裡開了。

左邊的門沒有通向一個房屋，而是通向一片朦朧的綠色森林，上空布滿了雲。在不遠處的一個低矮的地方，風聲注意到有一個東西在發光。「難道是一顆

墜落的星星嗎？」他喃喃地說著，朝它飛去。可光卻是從聖樹樹杈上架著的一個水晶盒中發出的，那強光使整個水晶盒看上去像個橫放著的白玉色的圓柱體。

「英雄在哪兒？貓迪爾在哪兒？」風聲想。「既然英雄的寶劍在這兒，既然貓迪爾就在附近，他可能隨時來把它取走。如果他來的話，我就待在這兒跟他鬥，可若是我輸了，那可怎麼辦呢？我必須把寶劍拿出來，為英雄把它藏在什麼地方，好不讓貓迪爾找到。」

風聲發現在水晶盒上該有鑰匙孔的地方卻有著一個金色圓盤。圓盤的中心刻著一個心臟的圖案，那圖案刻得那麼精細，在閃光中它像真的心臟在跳動。心臟周圍鑲嵌一圈七顆透亮的圓石頭，每塊石頭裡都有一個小圖案：王冠、交鋒的雙劍、財寶箱、拿著綠葉樹枝的鳥兒、玫瑰、書和草巢。「你最愛的東西就是鑰匙。」風聲自言自語道。

突然，黑暗中傳來了一個低沉的聲音：「你只能選擇一樣東西。」風聲四下看了看，沒看見任何鳥。他感到很迷惑，又低頭看了看石頭。

「王冠……是統治的意思。」他想。「我當然不想控制他鳥。」他的目光往下移動。「兩把劍交鋒只能是打仗的意思，而打仗是殘酷的。下一個是財寶箱？有了財寶，就能幫助窮鳥了……」他想。他猶豫了一下，繼續往下看。「拿著樹枝的鳥是唯一帶有動物的圖案。」他又猶豫了，這次停留的時間更長了。「玫瑰可能指愛；書代表學習；巢象徵家庭……所有這些當然都很重要了。」風聲一時間有點拿不定主意。他又把視線往上移，並停在了鳥拿著樹枝的石頭上。「這樹枝看上去很像橄欖樹，它一定是和平的意思。」他想。「在戰亂歲月，家庭成員怎能待在一起而全都倖存下來呢？書不也在戰爭中都毀了嗎？即使有書，打仗的鳥哪有時間去讀呢？戰爭就是死亡的同義詞。財富能避免戰爭帶來的後果嗎？不能。要有愛，要讀書，要有家庭，和平必須是他們的前提。我最愛和平。」他想。他抬起一隻爪，按下了鳥拿橄欖樹枝的石頭。

儘管最初只聽見「卡嚓」一聲，但它在森林中的回音卻是一聲巨響。水晶盒子開了，盒蓋慢慢地抬起來，一直開到後面。

「這是英雄寶劍。」那個聲音又響起來。

自從第一次從漁翁那兒聽到了英雄寶劍的事以後，風聲曾多少次想起這把寶劍啊！

這把寶劍，美在它的簡潔，美在它的明快——它又長又直，像一道陽光。那刻著行雲流水的象牙鞘看上去十分流暢；那劍柄上刻著的龍看上去栩栩如生。那光就來自於鑲嵌在劍柄上的麗桑寶石。乍一看，寶石裡像真有一道彩虹似的。

「我怎麼能確保貓迪爾拿不到這把寶劍呢？」風聲問。

「只有一個辦法：你必須用你心臟的力量來封上這個水晶盒，以阻止邪惡的鳥把它打開。這是一種犧牲。你願意嗎？」

風聲望了一下寶劍，然後合著雙眼。他幾乎能看見他母親在陽光裡的身影。因為時間模糊了他的記憶，他著急了，想看清些，再看清些。之後，他腦海中浮出了那隻心靈受到創傷的蒼鷺的形象。「他做蠟燭做得最好了，」愛藍多姆咕噥著，「甚至能做成小鳥的形狀……可惜的是那些小鳥形狀的蠟燭都燃盡了……」

黑暗中，翼哥的形象出現了。「我是孤兒。我親眼看見我的父母和我的妹妹都被殺害了。」

然後，福來思開口了。「福來多曾是個王子。他為了給戰爭受害者帶去快樂，被家庭拋棄了，他義無反顧。」

最後，胃哥的聲音在耳邊響起了，他又是在向風聲懺悔他的過去。「我像個傻子，從一片烏雲中飛過，之前以為雲是奶油，可當從雲的另一端出來時全身都濕了。」

風聲睜開了眼睛。「是的，我願意。」他輕輕地說。「我該怎麼做呢？」

「這很簡單，只要你把你的右爪放在胸口就行了。」

不知為什麼，母親愛琳、翼哥、福來多、胃哥和愛藍多姆的形象就在他視線的邊緣逗留著，等待著。「英雄怎麼還不來呢？」他在納悶兒。看著寶劍，他慢慢地舉起他的右爪，把它按在了胸口上，緊挨著胃哥的草莓墜。「撲通、撲通……」他心臟的跳動敲著他的耳鼓，一聲比一聲快，一聲比一聲大。隨著心臟的跳動，水晶盒一點一點地關閉著，最後「卡嚓」一聲關上了，隨之，眼

前的水晶盒、寶劍和光全都不見了。

在原來水晶盒所在的地方，剩下的只有一團黑色的煙霧。

這時，遠處鐘樓上午夜的鐘聲敲響了——「噹、噹、噹……」英雄日結束了。風聲深深吸了口氣，四下看了看空曠的被霧籠罩的森林。

再沒有什麼事可以做了。

他飛了起來，穿過藤蔓和樹枝，落了下來，然後，拖著沉重的步子朝來時的那扇乳白色水晶門走去。他吃力地打開了門，像一隻遇火而驚的蛾子一樣，朝著黑暗的大廳奮力地扇動著翅膀。恰恰就在這時，他看見右邊房間的水晶門也開了，一個黑影竄了進來。一道微光照在這個影子上，原來是貓迪爾，他的臉上帶著幸災樂禍的表情，他那雙腫起的眼皮和戴著金環的喙拖著長長的影子，使他的臉和脖子看上去都走了形。

這隻始祖鳥高高地舉著一把金光閃閃的劍。

「難道還有一把英雄寶劍？」風聲感到很震驚。

「你這蠢貨！」貓迪爾發狂地笑著。「我得到了英雄寶劍。寶劍是等著我來取的，而你卻兩爪空空，什麼也沒拿到；除了死你一無所獲！長得比以前大了，是不是？我先在你身上試試寶劍的魔力！」說完，他尖叫了一聲，向爪無寸鐵的風聲殺來。

他們周圍的黑暗好像因為吃驚而發出了「哧」的一聲，周圍馬上都亮了。他們不在黑暗中了，而是在一個富麗堂皇的大廳中，大廳的兩側燃著二十四把火炬。

始祖鳥舉起劍拼命地向風聲砍來。

風聲向左旋轉著身體，火炬的光芒在他視線裡變成了一道道流光。他突然感到心裡一陣溫暖，爪上好像出現了什麼東西，他本能地把它緊緊握住，藉著旋轉之力順勢把它向上撩起。周圍火炬上的火苗也隨著向上竄了一下。

他爪裡的東西與貓迪爾的劍撞到了一起，貓迪爾吃驚地叫了一聲。風聲低頭去看他舉著的東西，他剛一看見像一根白棒的東西，它就消失了。

貓迪爾氣憤地連續發起了進攻，每次那奇怪的棒子都再次出現，這樣，風聲把這些進攻全抵擋住了。每隔十五分鐘，就有一隻火炬燃盡而熄滅。他們倆

在大廳裡「叮叮噹當」地拼殺著，直到只剩下六隻火炬了。

極度氣憤和懊惱的貓迪爾揮起了劍，亂砍一氣，一下接一下，不停地往前進攻。風聲爪裡那個棒子搖晃著，閃動著。

「你在哪裡，英雄？」風聲想。他閉上了眼睛。猛然間，他感到心中湧出一股巨大的力量，傳向了他的腿、他的爪，最後傳到了他拿著的棒子。貓迪爾的劍也就在這時打在了風聲的棒子上。

只聽貓迪爾「唉呦」地尖叫了一聲。風聲睜開眼睛一看，那棒子變成了他熟悉的東西。那英雄劍的象牙劍鞘頓時碎成了一千塊，那些碎塊橫飛著，可一塊也沒打到風聲的身上，因為風聲爪裡握著英雄劍。剎那間，劍身閃出一道耀眼的光芒。

從來就沒有兩把英雄劍；只有一把。

貓迪爾的劍碎成了粉末，他只感到一把沙子從爪裡滑落。他們頭上的屋頂開始搖動，開始破裂。一道朝陽的光線從屋頂照射進來。接著，大塊大塊的石頭幾乎同時從屋頂上墜落下來。

這是鳥類歷史上最輝煌的一天。
——《古經》中的「翼哥日記」

第十七章

英雄

在一輪圓圓的明月下，一場鳥類歷史上最重要的戰役展開了。

「讓我們組成球狀陣勢，像月亮一樣。」翼哥喊道。

福來思向士兵大聲重複著翼哥的話，下達了命令。在嘈雜聲中，福來多舉起他弟弟送給他的小銀號，對著星空吹了起來。

當夜半鐘聲敲響的時候，紅色金剛鸚鵡、綠色鸚鵡、海燕、海鷗、黑眉信天翁和金鷹翅連著翅，圍著金字塔，形成了球形的陣容。月光給他們扇動著的翅膀鑲上了銀邊。「我們也許撐不了太久，」福來思說，「但是為了美好的未來，我們應該挺到最後！」

穿著卡其布軍服的始祖鳥叫囂著像一股泥漿似的湧了過來。他們那發黃的眼球和發黃的牙齒在月光下一閃一閃的。戰鬥持續著，過了一分鐘又一分鐘，一小時又一小

時。

儘管海鷗很敏捷，金鷹很強壯，鸚鵡很警覺，但當太陽在海面上升起的時候，他們快要堅持不住了。「英雄快來吧。」翼哥歎道。

突然，地動山搖，從金字塔的一側穿出了兩把劍：一把是貓迪爾的，一把是風聲的。所有的鳥停下來都往下看，金字塔正往下坍塌著。

「怎麼了？難道英雄死了嗎？」大家議論著。始祖鳥們在空中轉著圈，喊著他們的皇上。

眾鳥們都往後退著。翼哥卻被驚呆了，他茫然地向前飛。升騰著的灰煙籠罩了廢墟。這些灰塵在陽光的照射下，呈現出金色，看上去很美。

「風聲。」翼哥喊道。風聲是不是進了金字塔？他是不是被石頭砸死了？

「哦，風聲，你不能……」

這時，在充滿陽光的塵埃中，飛出了一個小鳥的身影，那身影金光閃爍。

「英雄！」一隻始祖鳥歡呼起來，其他的始祖鳥隨即附和著，「英雄！祝賀您，偉大的祖翼！」

等那隻鳥展開了翅膀，大家才看清它是白色的。這隻鳥爪裡還持著一把寶劍。

英雄不是貓迪爾，翼哥認識到。他從來就不是貓迪爾。

他是風聲。

從風聲的劍上射出一道白光，光掃過戰場。始祖鳥爪中的劍和矛好似回應似的也發出了白光，它們變得越來越熱，好像剛出爐似的。貓迪爾的士兵趕忙扔掉這

些燙爪的武器，亂成了一團，哀嚎著轉身逃了。

風聲落到了廢墟上，表情看上去很驚訝。他拖著劍從坍塌的金字塔上往下走，經過一塊又一塊的石頭，朝著翼哥走來。一切都靜悄悄的。

當走到啄木鳥面前時，他停了下來。塵埃中，他能模糊地看到翼哥那紅色的頭和背上那把豎琴的尖。兩隻鳥對視著。突然，翼哥像發現了什麼似的說：「你瞧，風聲！」

風聲轉頭去看，他大吃一驚。在他剛剛走過的路上，有一道綠色。那原本枯死的藤蔓被他拖著的劍碰到後，長出了心形的綠葉，在光禿禿的沙漠中看上去那麼耀眼奪目。風聲低頭看了看劍，驚喜萬分。

他慢慢地舉起劍，指向一顆枯萎的橄欖樹，那幹樹枝「吱、吱、吱」地冒出了嫩芽，很快結出了果實。風聲笑了。他又把劍指向大地，沙子變成了肥沃的土壤，上面長出了青草，開出了鮮花。他用劍輕點地面，霎時間劈出了一條河流。

接著他把劍高高地舉向天空。

大家所能看見的只有白光。

當他們轉過神，發現他們已站在一片蔥鬱的熱帶雨林之中。

風聲再次驚訝地看了看爪中的劍。「我——我一定好好護衛它，」他對翼哥說，「為了英雄，等到英雄來時……」

翼哥像在夢中似的，那瘦削的臉上現出了微笑。「英雄到了，風聲。」他敬佩地說。「你就是英雄。」

「英雄……」福來多、福來思以及其他的鳥都圍著風聲，問候著、稱讚著。「給我們指條路吧，英雄。」有隻鳥喊道。大家都看著風聲，等待著。風聲左右看了看，他發現林中有一條路。

他朝那兒飛去。不知怎的，他知道這是一條正確的路。「跟我來，朋友們。」他大聲說。翼哥、福來多、福來思以及其他的鳥跟著風聲沿著這條路飛，最終來到了一座壯觀的城堡，城堡的牆是用樹連接而成的。

一隻金色的鳥恭候在大門前。「你拯救了我們這個島。」國王派佛羅感激地對風聲說。巨嘴鳥和天堂鳥們都圍了上來。「我們等你來，已經等了三年

了！整個鳥類都在等著你。看！」

只見地平線上，飛來了成千上萬隻鳥，他們是來見證鳥類歷史上這最重要的時刻的。那些不會飛的鳥是趴在會飛鳥的背上或乘著熱氣球來的，還有一些是游過來的，甚至還有划船而來的。飛向考利亞島的鳥真是絡繹不絕。

中午，儀式開始了。

風聲站在城樓上，聽著考利亞國王派佛羅向來自世界各地的鳥講話。這時，一個過去一直像黃蜂一樣困擾他的問題又闖進了他的大腦。貓迪爾說鳥只能分成兩大類：善良的和邪惡的。有一段時間他覺得這個觀點也許是正確的……但是……

世界不能一鳥二翼那樣簡單地劃分為黑與白、善良與邪惡。除此之外，還應該有灰色的事物和介於善良與邪惡中間的鳥，而且很多——如蘿蔔頭，他在同情與忠誠之間苦苦地掙扎；如天雷山的鷹，他們把拋棄王子這件事看成是正確的；如胃哥，他是那麼勇敢、忠誠，但最終卻以生命的代價戰勝了他的弱點；也許，貓迪爾也在其中。想到這兒，風聲感到平靜多了，好像他通過了一次考驗。

「的確，生活充滿了考驗。」他想。「你常常不知道哪些事是考驗，所以你必須認真地對待生活中的每一件事，把它們都看作是與未來有關的考驗。在所有探尋之旅中，最重要的考驗，」風聲驚訝地認識道，「乃是擺脫命運枷鎖的考驗。」

「風聲，」派佛羅輕輕地喚著。

他轉向派佛羅，深鞠一躬，單腿跪下，把劍獻給了派佛羅國王。老國王嚴肅地握著劍柄。下面的鳥十分安靜。風聲展開左翅，派佛羅國王用劍身輕輕地在上面劃過。風聲感到劍身又涼又沉。「希望堅強和真誠永遠伴隨著你，希望你把愛和友誼的訊息傳達給世界。」派佛羅國王說道。

風聲展開了右翅，劍身又輕輕地在上面劃過。「希望勇敢和正義永遠伴隨著你，希望你把和平和自由的重要性告訴給天下所有的鳥。起身吧。」老國王說，然後，好讓大家都聽見，又高聲地說：「起身吧。」老國王那充滿父愛的臉上露出了微笑，他把劍呈給風聲，風聲慢慢地握緊劍柄，他們一起面向靜靜

地望著他們的眾鳥們。派佛羅緊緊地握住風聲的拿劍的爪子，把它高高舉起，好讓所有的鳥都能看見這閃亮的麗桑寶劍。派佛羅宣布道：「從今日起，風聲就是劍鳥了！」

「劍鳥！劍鳥！劍鳥！」震耳欲聾的歡呼聲一浪接著一浪。

風聲激動地站在那兒，歡樂和感激交織在一起。如今，他要承擔起關愛整個鳥類的重任，這是多麼大的榮譽啊！

「謝謝大家。其實，我們周圍充滿了英雄。沒有大家的幫助，我不能有今天。我想感謝我的同伴啄木鳥翼哥、金鷹福來多，謝謝他們的支持、他們的詩歌以及他們的歌聲。我要感謝鶺哥胃哥，」——風聲觸摸一下他脖子上的草莓墜——「他像我的親兄弟一樣。我還要感謝漁翁、蕾雅、凱麗、格溫德琳以及他們部落的鳥，感謝他們的關心和幫助。我要感謝所有在場的鳥。我還要感謝我的母親愛琳，儘管我不知道我的父親是誰——」

「你的父親也許就是天神。」派佛羅微笑著說。

「那我就要感謝天神了。」風聲望著天說。他深深地吸了口氣，接著說：

「我們都是英雄，一個英雄是不夠的，我們必須彼此關愛。」全場響起了經久不息的掌聲。這時，一大群鳥飛到空中，用身體在天空上組成了「和平」、「自由」、「愛」和「正義」幾個字。

看著眼前的盛況，風聲感慨萬千。當初他只不過是隻迷惘、孱弱的小鳥，想逃離暴力和奴役。他擺脫了惡夢，追隨著自己的夢想，踏上了征程，開始了探索之旅。一路上發現了很多出乎預料的珍貴的東西——胃哥的草莓墜、翼哥的豎琴和福來多的歌聲。他找到了自己的位置，他找到了自己。

他閉上眼睛，彷彿又聽到了這樣的對話：

「英雄何時來呢？」

「快了，快了。」

他睜開眼睛，微笑地看著眼前成千上萬的鳥向他歡呼雀躍。英雄就要啟程了。

第十八章

翼哥日記節選

——選自《古經》的「翼哥日記」，第341頁

初秋，紀念日。

自從英雄日以來，劍鳥在世界聞名了。

當我彈起豎琴時，我好像能聽見世界與我一同歡笑。你是否相信現在每天武器都在被熔化，做成了長笛、望遠鏡、筆尖，甚至鈴鐺了呢？自從兩個季節前我們的英雄劍鳥降臨以來，越來越多的鳥放下了戰斧、劍和長矛，而拿起了書去閱讀。

「你知道，」金剛鸚鵡凱麗不久前對我說，「就在劍鳥舉起英雄寶劍的那一刻，我們綠色麗桑寶石上古禽字閃出了光芒，隨後就消失了！」當我周遊四方時，聽說其他一些部落也發生了同樣的事。凱麗還告訴我當鳥唱起《劍鳥之歌》時，可以用麗桑寶石來呼喚劍鳥。

那剩下的始祖鳥怎麼樣了呢？因為沒有了皇上，他們之間爭鬥起來，最終，他們一氣之下分裂成了零散的小團

體。始祖鳥的同盟、海盜以及逃犯烏鴉、渡鴉和鶺哥也面臨著同樣的命運。他們當中有些隱退到了偏遠的地區，有些繼續做壞事，還有些改邪歸正，跟我們做了朋友。

至於風聲，在英雄日之後，我只在夢中見過他一面。他對我說：「翼哥，我的肉體在金字塔塌下去的那一瞬間就已經死了。現在我已明白，我犧牲了自己，成了靈魂。這樣，我就能永遠地保護和平、自由了。為此，我很高興。」

我也很高興。即使每當我想起風聲時，我的心就揪著，可當我想到有更光明的時代等著鳥類時，我就感到無比快樂。

「你在旅途中寫了不少日記，」風聲說，「希望你能把它們全部整理完。」

「我想我會的。」我回答。

風聲在天上救苦救難，我們在地上也盡全力幫助他鳥。福來多被家庭所接納了，如今有許多年輕鳥跟著他學習音樂。金剛鸚鵡凱麗和她的老師伯勞鳥蕾雅一起行醫，傳授醫藥知識。至於我嘛——照風聲建議的，一直忙著整理我和風聲旅行時的日記。日記整理完畢後，鳳凰派佛羅國王把它印成了一本書，題為《古經》。它還包括用來呼喚劍鳥的《劍鳥之歌》。我們將盡可能把它發給每隻鳥，以便讓他們了解我們的經歷，從中能學點東西，來過好和平生活。

有時，我和同伴們聚集在海鳥島來祭奠胃哥。在他被埋葬的地方，一股清泉神奇般地湧了出來。儘管這裡離沼澤區很遠，但是這兒冒出的泉水還是帶有胃哥故鄉常見的香柏樹的甜味。在這兒，我們一起追憶過去。

有一個觀點我們都十分贊同：即運用筆、歌和醫藥的力量，我們能把這個世界建設得更好。

願劍鳥保佑我們大家！

——翼哥

英雄的心胸寬廣如天。

——《古經》

尾聲

第一個明月節

春天來了。

考利亞島盛開著鮮花。儘管這個神秘的島嶼與世隔絕，可不知怎的，在英雄日一周年紀念日的夜晚，鳥兒都很容易地找到了它。

成千上萬只鳥聚集在這裡——有年輕的，有年邁的，有從來沒來過這兒的，有來過這兒的，有英雄們的後裔，有曾經遇見過風聲或與他同行過的。無論他們是誰，他們來這兒都是為了同一個目的。

所有的鳥都凝望著天空，那兒有一輪圓圓的明月，像一面夢的鏡子。當他們站起來時，他們似乎能看見或聽見什麼。像一年前的回音一樣，他們聽見了歡呼聲：「劍鳥！劍鳥！」

不一會兒，隱約傳來了豎琴聲，隨後翼哥走到了他們中間，他開始唱道：

在尋劍之旅中我們學到了：
命運是風，不是河，
風向變換無常，
而河卻向著一個方向流淌。
不管風吹向何方，
勇敢地駕馭你的翅膀。

金鷹福來多從另一邊大步走來，悠揚地唱道：

在尋劍之旅中我們學到了：
我們為什麼來到這個世界？
不是為了打仗，不是為了索取，
而是為了生活，為了給予。

我們不僅僅為了日復一日吃飯、睡覺，
而是為了飛向更崇高的目標。

翼哥接著唱：

在尋劍之旅中我們學到了：
真正的幸福建立在汗水之上。
我們自己建造的草巢
要比繼承的宮殿更溫暖。
我們自己從樹上摘下的海棠
要比偷來的橘子更甜。

福來多歡快地唱：

在尋劍之旅中我們學到了：
珍愛這個世界就像珍愛我們的家。
如果我們到處播種友好的種子，
我們會擁有千千萬萬的兄弟姐妹。
愛與關懷照亮了我們的世界，
它們能把你我帶近天神。

兩個朋友肩並肩地站在那兒，仰望明月，一起唱道：

活者就是為了珍惜著一切；
活者就是奮鬥，
為了明天，
為了光明的未來。

最後，眾鳥合唱了一首由作家翼哥，吟遊歌唱家福來多共同創作的歌曲：

啊，歡樂的明月節！

劍鳥的誕生日。

這一天鳥兒載歌載舞，

夜空中有一輪圓圓的明月……

在他們中間，有隻鳥祝福道：「生日快樂，風聲。」

這的確是個神奇的夜晚。也許是因為大家如此興奮，也許是因為月光施的魔法，或者也許因為這是真的……

大家看見劍鳥的身影，飛過月亮，用他那優雅的翅膀向和平世界敬著禮。

國家圖書館出版品預行編目資料

尋：劍鳥前傳／Nancy Yi Fan 著 -- 范禕譯. --
一版. -- 臺北市：大地, 2009.10
面： 公分. --（大地叢書：28）

ISBN 978-986-6451-09-6（平裝）

874.59 98017430

尋—劍鳥前傳

作　者	Nancy Yi Fan
譯　者	范　禕
發 行 人	吳錫清
主　編	陳玟玟
出 版 者	大地出版社
社　址	114台北市內湖區瑞光路358巷38弄36號4樓之2
劃撥帳號	50031946（戶名　大地出版社有限公司）
電　話	02-26277749
傳　真	02-26270895
E - mail	vastplai@ms45.hinet.net
網　址	www.vasplain.com.tw
美術設計	普林特斯資訊股份有限公司
印 刷 者	普林特斯資訊股份有限公司
一版一刷	2009年10月

大地叢書 028

大地

定　價：250元